第4屆【噶瑪蘭・島田莊司推理小說獎】決選入圍作品

熱層之密室

提子墨——著
島田莊司——講評
張國立——導讀

關於【噶瑪蘭・島田莊司推理小說獎】

華文世界近年來掀起了一股推理小說的閱讀風潮，大量日本、歐美的推理作品被譯介出版，也深受讀者喜愛。金車教育基金會為了鼓勵華文推理創作、發掘年輕一代深具潛力的推理作家，加深一般大眾對推理文學的討論與重視，獲得日本本格派推理大師島田莊司首肯，舉辦兩年一屆【噶瑪蘭・島田莊司推理小說獎】。

誠如島田老師的期待：「向來以日本人才為中心推理小說文學領域，勢必交棒給華文的才能之士，我可以感覺到這個時代已經來臨！」期盼透過這個獎項讓更多人投入推理文學之創作，帶給讀者嶄新的閱讀時代。

這項跨國合作的小說獎已邁入第四屆，在島田先生和皇冠文化集團支持下，將致力華文推理創作推廣到世界各個角落，讓此一獎項不僅是華文推理界的重要指標，更是亞洲推理文壇的空前盛事，期盼未來華文推理作家能躍上世界推理文壇。

[推薦序]

進入密室的腦力激盪

（本文涉及部分情節設定，請自行斟酌閱讀）

名小說家／張國立

密室殺人事件的歷史和偵探小說幾乎同時出現，因為當愛倫坡的小說《莫格街謀殺案》在一八四一年出版時，故事裡的兩名死者便出現在反鎖的室內。接著凡是推理，不密室一番，簡直對不起愛倫坡。連克莉絲蒂的《東方快車謀殺案》，死者是在一節停於大雪曠野上的火車一等車廂內，而且也反鎖。

之所以密室，是懸疑明確，讀者隨著作者的筆觸，很自然地投入其中，一起思索到底怎麼回事。

島田莊司的「本格推理」尤其講究「詭計」，也就是「前階段的謎題↓其解決過程，並讓這兩點做出驚人表現的人工裝置」。

其實這個理論始於公元前四世紀希臘大哲亞里斯多德提出的「三幕劇」，他認為人性基於好奇，於是由最初一連串的埋藏，引發至懸疑，推到高潮之後，最後必須發現，乃得到解決。十九世紀末的俄國小說家契訶夫也說過，第一幕出現的槍，必須在之後的情節之中，發射。使懸疑得到解決，島田莊司專注於詭計的設計，它是經過思考、安排，且引發驚訝的效果。

《熱層之密室》將場景安排在太空站，二〇一〇年美國太空人死在需要密碼才能開啟的後勤艙內，二〇一八年，另一名太空人死在同一密閉的艙內。

條件充足，有密室、有屍體、有嫌犯（太空站內的成員），作者覺得如此仍不夠，他設下謎團，包括父親寫給兒子的謎樣敘述：「傳說，如天使般發光的外星人，存在。我將會，與你，分享。」包括女兒發現過世太空人父親留下的詩：「天之子，地之童，來自同母體的雙子，重聚於七重天之下。天之子，垂睫，凝望著遠方的子民。地之童，回首，顧盼於毀滅的低吟。在惡魔左手之關節，希望的星芒將顯現。」

當然還需要偵探，第一個是死者的兒子，他投身太空工程學，一步步追索父親的死因，但他不到現場，是無法解開謎團的，於是第二名偵探，花了錢上太空站當觀光客。在他們共同的協力下，得先破信與詩裡祕密，再進一步追查可能的嫌犯，找出凶器和動機。

小說家有其企圖，他布置出動人的場景與人物，逐步誘使讀者從科幻到外星人，最後進入密室的腦力激盪。

當然，小說除了詭計之外，最重要的仍是人與人之間的接觸，《熱層之密室》寫出父子之情，寫出政治的邪惡最終仍得面對人性的挑戰，外星人不可怕，可怕的是地球人。

本屆的小說獎，入圍的作品各有其令人想不到的詭計，拚的是文筆、組織能力，與豐富的想像力，這是小說最引人入勝的地方：進入作者編織出的想像世界，分享其中的喜悅。

[推薦序]

具有貫徹娛樂性的作家之才能

日本推理評論家／玉田誠

《熱層之密室》首先看到的便是將舞台安置在宇宙的大規模設計，除了以過去案件與現在案件的相同性來吸引讀者的注意外，並大膽公開為案件精心設計的種種制約，譬如在十分有限的嫌疑人與宇宙空間這種特殊狀況下的密室等等，這種費盡心機欺騙讀者眼睛的誤導技法，應給予高度評價。此外，易讀性（Readability）在七部作品中亦為最佳，作者給人的印象除上述本格推理之才氣外，並具有貫徹娛樂性的作家之才能。

［推薦序］

上乘的成熟佳作

PChome Online董事長／詹宏志

一個發生在地球高空熱氣層太空站裡的神祕命案，用的還是推理小說「密室殺人」的經典案型。不管是論情境造景、論空間設計、論人物塑造、論敘事能力、論情節推進的節奏，以及相關航太知識背景的準確性，這部小說都是上乘的成熟佳作；惟獨辦案過程的情節描述略嫌單薄，與故事的大場景並不相稱。

[附錄二]

出場人物

[二〇〇九年～二〇一〇年]

◆伊果・托夫斯基（Igor Tovski）——50歲，俄羅斯籍，男性太空人／機械工程學家／環球太空站輪任指揮官，隸屬俄羅斯聯邦太空局（ROSCOSMOS）；二〇〇九年參與環球太空站第15梯次太空任務。

◆布萊恩・豪威爾（Bryan Howell）——45歲，美國籍，男性太空人／物理學博士，隸屬美國太空總署（NASA）；二〇〇九年參與環球太空站第17梯次太空任務。

◆雅各・湯普森（Jacob Thompson）——47歲，美國籍，男性太空人／生物學家，隸屬美國太空總署；二〇〇九年參與環球太空站第17梯次太空任務。

◆尤里・安東諾夫（Yuri Antonov）——42歲，俄羅斯籍，男性太空人／航天博士，隸屬俄羅斯聯邦太空局；二〇〇九年參與環球太空站第18梯次太空任務。

◆阿尼・勘斯瓦（Arne Kamsvåg）——40歲，瑞典籍，男性太空人／粒子物理學家，隸屬歐洲太空總署（ESA）。二〇〇九年參與環球太空站第18梯次太空任務。

◆田原孝介（Kosuke Tahara）——45歲，日本籍，男性太空人／太空工程學家，隸屬日本宇宙航空研究開發機構（JAXA）。二〇〇九年參與環球太空站第18梯次太空任務。

◆湯瑪士・卡林（Thomas Carlin）——46歲，美國德州休士頓「詹森太空中心」任務控制總部「FCR 1控制室」指揮官。另有「FCR 1控制室」多位指令通訊人員、「亨茨維爾航天支援中心」與俄羅斯「莫斯科太空中心」的地勤人員。

◆如天使般發光的外星人——傳說中宛若一團團發光雲體的生物，在航太史上曾出現於不同太空站。

【二〇一七年～二〇一八年】

◆維特・托夫斯基（Viktor Tovski）——35歲，俄羅斯籍，伊果・托夫斯基之子，航太工程天才、太空工程學博士，曾參與多項太空船的設計與建構。

◈布瑤・豪威爾（Brielle Howell）——26歲，美國籍，布萊恩・豪威爾之女，小學教師。

◈星野天彥（Amahiko Hoshino）——44歲，日本籍，男性太空人／太空工程學家，隸屬日本宇宙航空研究開發機構；二〇一八年參與環球太空站第36梯次太空任務。

◈貝拉蜜・羅賓森（Bellamy Robinson）——38歲，美國籍，女性太空人／物理學家，隸屬美國太空總署；二〇一八年參與環球太空站第36梯次太空任務。

◈阿哈努・索西（Ahanu Tsosie）——35歲，加拿大籍，男性太空遊客，舒斯瓦普族（Shuswap Nation Tribal）原住民。他亦是加拿大Ogopogo電玩遊戲公司執行長，綽號「微笑藥師（Smirking Medicine Man）」。

◈艾登・庫珀（Eden Cooper）——42歲，美國籍，男性太空人／天文學家／環球太空站輪任指揮官，隸屬美國太空總署。二〇一七年參與環球太空站第34梯次太空任務。

◈藍斯・史密斯（Lance Smith）——42歲，美國籍，男性太空人／生物學家，隸屬美國太空總署。二〇一八年參與環球太空站第35梯次太空任務。

◆瓦西里・伊萬諾夫（Vasily Ivanov）——48歲，俄羅斯籍，男性太空人／機械工程學家，隸屬俄羅斯聯邦太空局。二〇一七年參與環球太空站第34梯次太空任務。

◆尼古拉・利夫希茨（Nikolay Lifshitz）——46歲，俄羅斯籍，男性太空人／機械工程學家，隸屬俄羅斯聯邦太空局。二〇一八年參與環球太空站第35梯次太空任務。

◆拉斐爾・桑托斯（Rafael Santos）——40歲，巴西籍，男性太空人／生物學家，隸屬巴西太空局（AEB）。二〇一七年參與環球太空站第34梯次太空任務。

◆柯瑞・麥考利（Corey Maculay）——45歲，加拿大籍，男性太空人／航天博士，隸屬加拿大太空局（CSA）。二〇一八年參與環球太空站第35梯次太空任務。

[附錄二]

「環球太空站(U. S. S.)」平面配置圖

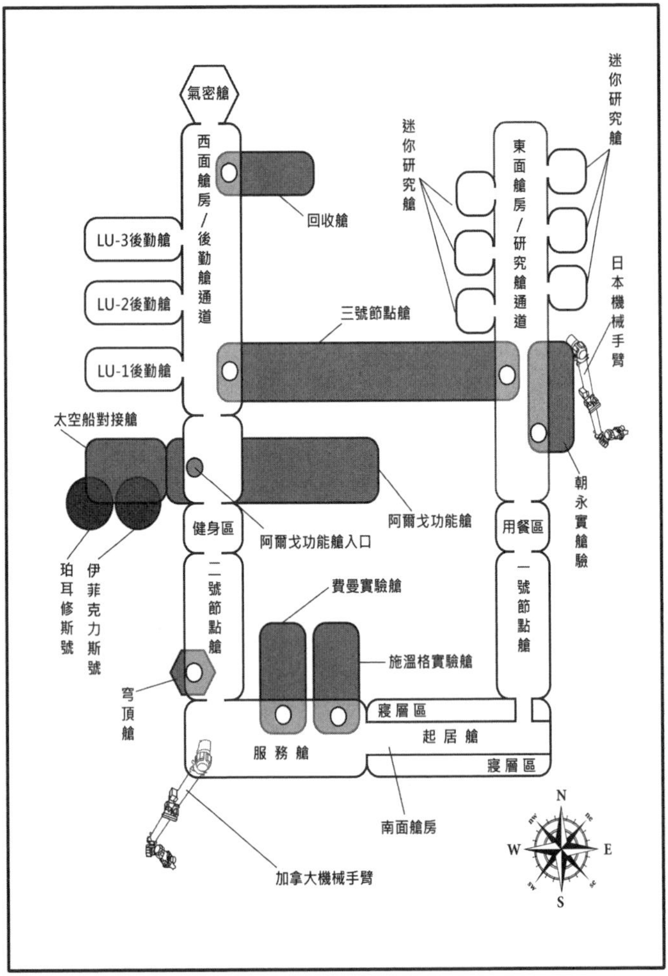

註：1. 白色區塊為上層艙房；灰色區塊為下層艙房；白色圓形圖示為通往下層的艙口。
2. 小說部分頁面有中/英註腳，僅為提供翻譯時所需的原文或出處。

「假如，我們能以挽救世人的性命來代替報復，是否會更美好？難道我們不能運用所有的能力與智慧，來達到那種真實的永久安定嗎？我認為我們能，也必須如此做。」

——《美國前總統隆納‧雷根，一九八三年三月二十三日電視演講稿節錄》

"Wouldn't it be better to save lives than to avenge them? Are we not capable of demonstrating our peaceful intentions by applying all our abilities and our ingenuity to achieving a truly lasting stability? I think we are indeed. Indeed, we must."

—— [US President Ronald Reagan's TV Speech on March 23, 1983]

序幕

UTC世界協調時間[1]，二〇一〇年一月一日。

環球太空站[2]，穹頂艙[3]。

地球的背光面靜靜地在大氣層中運轉著，沉睡在夜色中的海洋、山脈與陸地，全都籠罩在一抹單調的灰藍下。只有雲層裡偶爾雷電交加的光暈，和電離層中飄舞的綠色極光，依然如一群無聲的舞者，在黑暗中閃動著、跳耀著。

一切安靜地，彷彿可以聽到這顆星球轉動時的低吟聲。

1. 世界協調時間（UTC / Universal Time Coordinated）。
2. 環球太空站（USS / Universal Space Station）- 為作者虛構的太空站，但站內的航太數據與運作方式，以實際的「國際太空站（ISS / International Space Station）」為參考。
3. 穹頂艙（Cupola）- 為歐洲太空總署所建造的觀察台部件，太空人操作加拿大機械手臂之所在，以協助對接任務所用，該艙亦被用於遠眺及觀測地球之用途。

伊果・托夫斯基捧著一台高倍數的長鏡頭相機，正漂浮在太空站的穹頂艙裡。他游移在幾扇不同視角的舷窗前許久，才終於找到一個自認很完美的取景角度，將雙腳勾在艙房地面的固定桿後，便耐心等待著那個人生中難得的時刻。

在這個長寬高只有兩立方米的艙房，有著六塊環狀的梯形舷窗，正中間則是一扇正圓形的天窗。此時，穹頂艙的幾面窗外是地球北半球的景色，左邊的一扇舷窗裡正遠遠映著莫斯科的夜景。伊果從太空站上鳥瞰著他所熟悉的那座俄羅斯首都，它宛若一片散著橙黃光芒的巨大蜘蛛網，放射狀的線條密密麻麻交織在寂靜的大地上。

當遠處的蒼穹從細小的湛藍，緩緩轉為耀眼的魚肚白時，原本昏暗的「中俄羅斯高地」也霎時褪去了神祕的黑色輕紗，露出一片片白雪皚皚的陸地與丘陵，就連奧卡河和伏爾加河的脈絡也逐漸甦醒，重現了那片北方雪國的壯麗景觀。

伊果迫不及待按著相機上的快門，希望能從太空站上捕捉到他生長的那座城市，迎接新年第一道曙光時的美景。

儘管太空站在每天繞行地球的過程中，會經歷不同時區的十六次日出和日落，不過伊果還是算出了莫斯科的日出時間點，完成了任務控制總部所派給他的這個非正式任務，只為了能分享給「俄羅斯聯邦太空局」官網上，那些成千上萬的太空迷們。

這是伊果在環球太空站的第185天。他是二〇〇九年第15梯次的俄羅斯籍太空人，負責這個太空站第一階段的主架與桁架工程。他亦是目前站內最資深的成員，因此才在最後的這兩個月裡，接手擔任了輪任指揮官之職。

如今在太空站上的組員，比起早年的太空人幸運許多，除了平日單調的實驗與工程任務之外，他們已經可以透過網路與家人互通訊息，也可利用官網或視訊與廣大的粉絲們互動交流。有些太空人所屬的太空機構，亦會要求他們定期錄製一些太空站之旅或生活點滴的影片，來滿足地面上那些納稅人對他們的好奇與期許。

環球太空站是航太史上第十一個可承載人類的太空研究工作站，主體是由多個節點艙、服務艙、功能艙、起居艙、後勤艙、穹頂艙、微重力實驗艙、迷你研究艙、機械手臂，與負責載人的太空船所組成。這個太空站位於距離地表347~360公里的大氣層「熱層[4]」頂部，以一萬七千五百英里的時速環繞地球，每日周而復

4. 熱層（Thermosphere）- 亦稱熱成層、熱氣層或增溫層，是地球大氣層的一部分。

始至少繞行十四圈，每一圈約耗時九十分鐘。

他們在太空站上主要的任務是協助科學家或企業機構，在微重力環境下從事各種實驗、研究與觀測，項目包括：生物學、物理學、天文學、地理學、氣象學……等。太空站上的組員分別來自「美國太空總署」、「俄羅斯聯邦太空局」、「加拿大太空局」、「歐洲太空總署」、「日本宇宙航空研究開發機構」與「巴西太空局」。這六大太空聯盟機構，分別由全球十五個成員國所組成。

伊果初抵太空站時，也和許多組員一樣，對這座漂浮於熱層頂的移動研究中心，充滿了無比的興奮與好奇。不過經過六個月完全密閉的工作與生活後，他反而懷念起地球上那種有地心引力的平凡日子。

那段期間，伊果除了在維修或工程時，曾多次走出太空站外部，在無重力環境下以太空漫步的方式完成各項任務。其餘的時間，大多是待在俄羅斯的功能艙裡，協助完成莫斯科或休士頓所派發的實驗或觀測指令。

他慶幸再過一個星期就可以結束這次的任務了！只要三位交班組員的太空船抵達後，他和另外兩位美籍太空人，便可搭乘另一台伊菲克力斯號[5]返航，回到地球和親朋好友們團聚。

此時的他正一邊吹著口哨，一邊低著頭收拾手中的攝影器材，準備返回俄羅斯的功能艙上傳剛才拍攝到的那些照片。當他眼角不經意瞥過玻璃窗時，卻突然發現窗外閃過一些不尋常的光線。他原本還以為是相機的觀景螢幕反射在舷窗上的光影，可是當他往那面圓形天窗向外望時，卻頓時被眼前的景象為之屏息凝氣。

因為穹頂艙外竟然出現了一些模糊的橙色小光團，而且數量還超過四、五個以上。它們從西面艙房下方掠過，看起來就像是一股充滿著霧氣與光暈的迷你行星團，只不過少了行星團所會有的那些細碎隕石或宇宙塵，而是呈現出一種若隱若現的半透明感。

伊果甚至覺得那些光團像是有生命般緩緩蠕動著，宛若一尾尾鼓著雙翅的魟魚，正隨著環球太空站運行的方向飛翔著。他突然想起許多太空迷在網路上所流傳的那幾則貼文，也就是曾經在「禮炮七號[6]」太空站所發生過的異象！

5. 伊菲克力斯號（Iphicles）- 作者虛構的俄羅斯太空船。另有海克力斯號（Heracles）與珀耳修斯號（Perseus）三個系列的太空船輪替任務。
6. 禮炮七號（Salyut 7）- 為一九七一年至一九八六年間，前蘇聯「禮炮計畫」所發射的太空站之一。

難道眼前這些詭異的橙色光團，就是傳說中「如天使般發光的外星人」？

一九八五年七月十二日，前蘇聯的禮炮七號太空站，在執行任務期間的第155日，六位駐站太空人都聲稱看到七道如天使般的光團，而且還跟在太空站外如影隨形飛行了十幾分鐘。他們甚至懷疑那些不明的「豔橙雲」，有可能是某種外星生命體，因為雲團所呈現的形體接近人類，但是身長卻足足有十多米高，彷彿還長著一雙雙巨大的翅膀。

第167日，另外三位搭載「聯盟T-12號[7]」太空船交班的太空人，也在甫加入禮炮七號任務後，信誓旦旦指出站內曾經被一股溫暖的橙色光芒所圍攏，當他們迅速往舷窗外觀察時，竟然也見到那些如天使般的發光生物，其中有些光團還攀附於太空站的主體上。

雖然那些太空人拍下了一段長達四十三分鐘的影片，但是卻被蘇聯當局列為是最高機密。當他們完成任務返抵地球時，馬上就被官方送去接受心理與醫療診斷，並且對外宣稱禮炮七號的太空人成員，始於大氣壓力、溫度波動的異常，而造成大腦供氧不足，進而產生了集體幻覺。

儘管在前蘇聯政府瓦解後，俄羅斯聯邦太空局仍然否認該傳言，但是有關於

「如天使般發光的外星人」的圖文報導，卻早已在網路上不脛而走了。

直到一九九四年十二月二十六日，美國太空總署的哈伯望遠鏡，拍攝到一座漂浮在太空中巨大的白色城市，後來更陸續傳回一些詭異的光團照片，其中也捕捉到了類似天使形狀的光團！它們揮舞著巨大的翅膀飛行於太空中的畫面，景象幾乎與當年禮炮七號的幾位太空人所形容的如出一轍。

那些不謀而合之處，不禁讓許多太空迷們相信，「如天使般發光的外星人」也許真的存在。

伊果不敢相信自己的眼睛，馬上拿起了長鏡頭相機，不斷朝著舷窗外那些發光的雲霧按下快門，然後又迅速切換成錄像功能，錄下了它們緩緩移動的影像。他告訴自己，不管眼前的景象到底是什麼，他也不會主動將這些畫面傳回莫斯科！假如當年在禮炮七號上所拍攝到的那段神祕影片，官方都可以將之列為最高機密，並且對外宣布全部都是太空人的幻覺。

7. 聯盟 T-12 號（Soyuz T-12），「禮炮七號」太空站的第七艘太空船。

那麼他現在所拍攝到的這些影像與影片，又何嘗不會依照慣例處理？

窗外的異象持續了30多秒，那些透著橙色的光團才突然散去，無垠的星空恢復了原來的寧靜。圓形的天窗裡只剩下湛藍色的地球，環球太空站正緩緩掠過烏拉爾山脈和西伯利亞冰原的上空。

＊

「伊果，你還在穹頂艙嗎？有狀況需要向你當面回報！」

穹頂艙的對講機突然傳來組員的呼叫聲，發話者是美籍太空人雅各・湯普森。他是第17梯次任務中的一位生物學家，負責微重力實驗艙裡的生物觀察與實驗。

伊果按下了發話鈕：「我還在這裡，有什麼事情嗎？」

「嗯……我們還是見面再說……我和你在阿爾戈功能艙會合吧！」雅各回答得有點支支吾吾，而且很快就掛斷通訊。

他原本還以為其他組員也目睹了剛才的異象，才會急著用對講機向他這個指揮官回報。不過從雅各的語氣聽來，或許只是發生了其他的狀況。

畢竟，這個太空站內的所有艙房，大多是屬於密閉式的空間，有些艙房就算設有舷窗，通常也是個直徑不到半米的小圓窗，如果不是刻意攀在窗前往外望，並不見得會知道站外出現了什麼景象。

而他所在的穹頂艙之所以視野遼闊，設有六角形的多扇舷窗與天窗，並不完全是用於地球觀測所用，還是一座可以操控外部加拿大機械手臂的控制室。

伊果輕輕蹬了一下雙腳，身子便像在水中浮潛那般，慢慢穿出了穹頂艙的圓形艙門。在這種微重力的加壓空間，他只需用手輕撥走道的牆面，就能借力使力以漂浮的狀態穿梭在太空站裡。

他穿過了二號節點艙時，瑞典籍的組員阿尼・勘斯瓦正在跑步機上運動，不過卻是以一種奇怪的九十度角懸在牆面上跑步。在沒有地心引力的漂浮環境中，太空人們幾乎用不上雙腳的肌肉，因此每日在健身器材上運動兩個多小時，亦是他們防止肌肉萎縮的重要排程之一。

既然這座太空站是微重力的空間，那麼也就沒有所謂的上下左右之分了，因此太空人就算挑選艙房內的任何一面牆當作是地面，也不會出現在地球時那種上下顛倒所帶來的暈眩或不適。

當伊果回到俄羅斯所屬的「阿爾戈功能艙[8]」時，雅各和另一位俄羅斯的太空人尤里・安東諾夫，正各自盯著電腦上的監視器畫面。雅各正端詳著太空站上幾個主要區域的即時畫面，而尤里則是快轉檢視著幾台監視器的錄影存檔。

雅各抬起頭看著伊果，表情凝重地說：「布萊恩失蹤了！」

「你是在開玩笑吧？這座太空站就那麼丁點大，他怎麼可能會失蹤？」

伊果覺得這簡直太莫名其妙了，站內的加壓空間就只有八百三十七立方米，難不成他還會在這麼小的空間裡走丟？

布萊恩・豪威爾和雅各同為第17梯的美籍組員，也是一位小有名氣的物理學博士。他在太空站內的工作天數已經是第135日了，對站內的一景一物應該是瞭若指掌，伊果怎麼也不相信他會出這種新手才有的狀況。

一旁的尤里也百思不解，口操著濃濃的俄腔英語說：「他昨晚離開費曼實驗艙[9]後，就回到起居艙自己的寢層休息。我從那個區域的監視器錄影存檔查到，他在UTC世界協調時間凌晨五點左右走出來上洗手間後，就再也沒有回到他的寢層了。」

「監視器沒有拍到他去了哪裡嗎？」

「他應該是往二號節點艙後的後勤通道走去，那部分的倉儲區域並沒有任何監視器，因此所有監視器都沒再拍攝到他的蹤影。」尤里一邊回話，一邊繼續轉著電腦旁的飛梭鈕，在倒轉中的影片搜尋著布萊恩的身影。

雅各攤開一張環球太空站的平面配置圖，指著上面的幾節艙房：「我整個早上已經找過所有的實驗艙、迷你研究艙、服務艙，以及起居艙內的24個寢層，都沒有看到布萊恩。我本來還以為他可能是到伊菲克力斯號太空船裡檢查設備了，可是也沒有在那裡找到他。」

伊果划到了功能艙的另一頭，將雙腳勾在艙房地板的固定桿後，便迅速扳下面板上十多個紅色開關，然後對著牆上那只對講機說著：「豪威爾博士，這裡是伊果・托夫斯基呼叫，請聽到廣播後速至阿爾戈功能艙報到……」

他重複說了兩遍後，才切斷了廣播系統。依照常理，站內的六位組員無論身在

8. 阿爾戈功能艙（Argo Functional Cargo Block）- 作者虛構的艙房。為環球太空站最早升空的第一個部件，也是除了太空船之外，唯一屬於俄羅斯聯邦太空局的艙房，亦是俄籍太空人平日工作與生活的主要據點。
9. 費曼實驗艙，作者虛構的三座實驗艙之一，是以美國物理學家「理察・費曼（Richard Phillips Feynman）」命名的實驗艙。費曼與施溫格、朝永振一郎共獲一九六五年諾貝爾物理學獎。

何處，肯定都聽得到剛才的那段廣播。除非布萊恩是躲在哪裡睡死了，或者根本就已經從太空站消失了，才會完全無動於衷。

經過十多分鐘後，布萊恩仍然沒有來到功能艙，就連對講機也沒有任何回應。反倒是阿尼與日籍的田原孝介划了進來，畢竟他們從來沒有聽過這種全面性的廣播，直覺認為應該是發生了什麼突發狀況。

雅各將布萊恩失蹤的情況告訴了他們，幾位不同國籍的組員頓時陷入一片沉默。

伊果眉頭深鎖環視了每一位組員，然後嘆了一口氣說：「既然如此，大家就分頭做一次全面搜查，雅各和尤里負責南向區域的服務艙、起居艙及兩個美方的實驗艙；阿尼和田原就查看東面和西面的一、二號節點艙，以及延伸出去的後勤艙、日本實驗艙和迷你研究艙；我也會巡視中央區域的三號節點艙、伊菲克力斯號和太空船對接艙。大家要確認每一個艙房所對接的上下左右的隔層，全部都要徹底尋找一遍！有任何狀況隨時互相通報！」

「瞭解！」四位組員異口同聲回應後，便魚貫地穿出阿爾戈功能艙。

「雅各……」伊果像是想到了什麼，馬上叫住才剛剛划過身旁的雅各。他猶豫了幾秒後才道：「還是先不要向你們休士頓的指令通訊員回報，等搜尋結束有了些眉目後，才作一次性的全盤彙報。」

雅各明白他的用意，點了點頭就蹭了一下雙腳，緩緩漂出了功能艙。伊果也隨之前往功能艙後方的太空船及對接艙裡查看。

由於這座太空站內不同區域的艙房部件，全是由六大太空聯盟機構所分工在地面上設計與建構後，才分批運上太空站與主體對接，與其說它是一座漂浮的空中樓閣，其實更像是一堆不規則的樂高積木所拼湊出來的龐然巨物。

因此許多主艙房的上下左右，都可能延伸出別有洞天的小艙房，雖然還稱不上是什麼迷宮，可是要在這些狹窄的空間裡徹底搜查，也不算是一件輕易的任務。

這是伊果從另一位已返航的美籍組員手中，接棒指揮官職務的第二個月，儘管他接手的這段期間小狀況不斷，但是並沒有發生過什麼大事件。不過，他今天所接連遇到的一些怪事還真是前所未有，他甚至懷疑這兩起事件是否有什麼關聯？

為什麼那些「如天使般發光的外星人」出現沒多久後，就傳來布萊恩失蹤的消息？難道……是那些外星人挾持了太空站上的組員？就像發生在地球上幽浮綁架人類的行徑？他想到這裡，不自覺用手搔了搔頭髮，像是想將腦中那些雜念揮之而去。

再怎麼說自己也是個經歷嚴格航太訓練的俄羅斯太空人，事事講求邏輯的機械工程學家，要是讓莫斯科任務控制總部得知這些光怪陸離的想法，他肯定也會和禮炮七號上的那些太空人一樣，被當成是腦部缺氧後的精神異常、胡言亂語，然後從此被俄羅斯聯邦太空局冷凍起來！

經過了四十多分鐘的巡查後，他並沒有發現布萊恩的蹤影。負責搜查南向區域的雅各與尤里，和東面艙房的阿尼，都透過對講機向他回報了情況，他們也沒有找到布萊恩。

唯有負責西面艙房的田原，倒是有了些不太一樣的蛛絲馬跡。他在對講機裡扯著嗓子說：「我徹底找過西面的二號節點艙、三個後勤艙、回收艙和氣密艙[10]，就連艙內的廁所和幾個夾層空間也都確認過，還是沒有找到豪威爾博士。不過那間上鎖的『LU-3後勤艙』我無法進入查看，畢竟是屬於美方的機密艙房，這可能還要請雅各親自過來一趟……」

伊果馬上通知了美籍組員雅各後，也起身準備前往西面的艙房與他們會合。

LU-3後勤艙是美籍太空人專屬的小型工作站，它除了是美方所有微重力實驗與研究報告的資料庫所在，亦是他們與美國太空總署傳輸高機密檔案時的地點。最重要的是，在這間密閉式的隔音艙裡，兩位美籍組員與休士頓地勤官員進行重要會議時，也不須擔心隔牆有耳。

雖然這是一座由美國、加拿大、俄羅斯、日本、巴西，與歐洲諸國所聯盟合作的太空站，每位不同國籍的組員表面上也還算相處融洽。但是，當這些專家學者們所從事的實驗與研究，牽涉到高端科技與前沿學術時，大家依然是會爾虞我詐，提防本國的研究內容會外洩。因此少數國家除了擁有自己的實驗艙或迷你研究艙，甚至也會像美方那樣自闢處理機密性資料的艙房。

當伊果趕到LU-3後勤艙時，雅各正將手掌放入指紋掃描儀上，然後螢幕上才出現了一組密碼盤，他背對著其他組員迅速輸入了一組密碼，可是那扇門卻完全沒有任何反應。他停了半秒想了一下，才又輸入了另外一組緊急密碼，此時艙門才總算緩緩打開。

10. 氣密艙（Joint Airlock Module）。

他半浮半漂將頭探了進去，也順手撥了門內的電源開關後，卻頓時失聲喊了出來：「怎麼……怎麼會這樣……」聲音還帶著些許惶恐。

艙門外的伊果、阿尼、尤里和田原，這時才忍不住探頭往裡看。當他們見到艙內的景象後也瞠目結舌，聲音彷彿卡在喉嚨裡久久無法出聲。

因為，在那間小小的艙房半空中，正漂浮著一具男性屍體，不容置否那就是布萊恩‧豪威爾博士。他穿著一件白色的T恤和軍綠色的工作褲，臉孔與身體朝向艙頂，可是四肢卻垂軟地懸在軀幹上，活脫像一只斷了線的懸絲木偶。

最令人震驚的是，他蓄著短髮的頭頂上有著一道撞擊後留下的撕裂傷口，在微重力的環境下雖然並沒有大量湧出鮮血，但是卻不斷從裂口裡溢出一滴一滴的血球，那些數不清的血珠漂浮、游移在整間艙房的空中，就像是上百顆微微顫動的血紅珍珠，環繞在屍體的四周。

「雅各，馬上出來！把艙門給關上！不能讓那些血珠跑出來！」伊果迅速喊了出來，還順勢張開雙臂將其他幾位人員抵在走廊外。

根據太空人對微重力環境的基本常識，這麼些充滿水分的微小血球，要是順著氣流漂到了太空站的其他艙房，肯定會吸附在四周的儀表板或控制盤上，無孔不入地滲進一些精密的儀器與電路板裡，嚴重的話甚至會造成無法預期的機械或電子系統故障。

「尤里，你到回收艙，帶幾張用過的床單或睡袋來！待會兩個人一組展開床單，在打開艙門後開始慢慢往裡面移，就像……捕蜜蜂那樣，務必要將所有浮在空中的血滴全部吸附到床單上！要是一張床單不夠，下一組再展開另一張重複相同的動作，絕對不能讓任何一滴血液漂到門外！」

伊果突然又想到什麼，回過頭對雅各說：「你快去找一台廣角鏡頭的相機，待會在他們動作之前，迅速將陳屍現場拍照作記錄。等到血液清理完畢之後，再將豪威爾博士遺體上所有異常的部位拍攝起來，我相信你們休士頓肯定需要這些照片。」

＊

LU-3後勤艙位於西面的後勤艙通道上，是由美國太空總署所設計與建構。整條後勤通道另有兩間儲存補給物品與設備的LU-1和LU-2後勤艙，最盡頭則是太空人進行站外活動的氣密艙。

這條通道的牆面夾層，是提供水、空氣與電能的生命保障系統[11]運作區塊，盡頭是組員進行太空漫步前所需使用的氣密艙。氣密艙前方的地面上有一個圓形艙口，連結到下層的回收艙，用於囤放站上使用過的資源與廢物。而通道中段的地板上還有另一個艙口，是通往位於下層的三號節點艙，它也是連結東、西兩面艙房的另一條捷徑。

西面的這三間後勤艙裡，只有LU-3後勤艙是需要通行認證的艙房，美籍組員需掃描手掌的五個指紋後，才能啟動螢幕上的密碼盤，然後輸入密碼便可自由進出。除非艙門被裡面的組員反鎖時，才需輸入第二道的緊急密碼進入。

LU-3後勤艙的內部是一個矩形的廂型空間，艙內約10平方米大小，挑高與左右牆的距離皆為兩米多左右。艙房的左邊是一排佈滿硬碟抽屜的牆面，每個金屬抽屜的面上都標註著日期或編號，看來應該是美方駐站科學家或研究人員，歷年來在微重力實驗艙裡所累積的實驗報告資料庫。

右邊則有一排工作桌面，上面放了幾台筆電，牆上還嵌著一套內建式的視訊螢幕，是美籍組員與休士頓進行祕密會議時的加密通訊設備。艙內的四個面都設有足部固定桿，方便組員們在微重力下以任何一個面為立足點工作。

艙內的盡頭則有一扇非常小的圓形舷窗，直徑大概不超過30公分，外圈也如站內的許多舷窗一樣，被套上了一層帆布製的遮光罩。

從雅各掃描指紋與輸入密碼後，艙門並沒有任何反應看來，他馬上就意識到那扇門是從艙內被反鎖了，才會隨之在鍵盤上輸入緊急密碼開啟艙門。LU-3後勤艙內並沒有其他出口，唯一的舷窗又是以完全封閉式的硼矽石英玻璃[12]所製，窗外則是一望無際的浩瀚宇宙。

換而言之，這或許就像推理小說中常提到的「密室」，只不過命案現場卻是在大氣圈熱層頂部的太空站內，距離地表347~360公里的一起「微重力密室命案」。

當他們將布萊恩的遺體移往起居艙的醫療區後，便馬上將他連接在遠端診療系統上。詹森太空中心的醫療小組使用掃描儀與流式細胞分析儀[13]診斷後，才初步確

11. 生命保障系統（Life Support System），該系統可提供生存所需的空氣、水和食物，維持太空人正常的體溫與壓力，並且能夠將人體代謝出的廢物作淨化再處理，與屏蔽來自太空中的射線和微星體。

12. 硼矽石英玻璃（Fused silica and Borosilicate Glass），為太空站上專用抗高溫、抗高壓與抗輻射線的高熔點玻璃。

13. 流式細胞分析儀（MicroFlow），為加拿大ＩＮＯ公司所研發與製造的遠端分析儀，可運用遠程遙控準確分析出太空人的血液細胞、流式物質微粒的物理及化學成分，達到接近醫師臨床診斷的效果。

定布萊恩已經死亡超過六至七個小時以上，血液內並沒有呈現任何不尋常的細菌或病毒，因此排除了太空站內最令人擔憂的傳染性疾病。

那位年紀約莫五十多歲，長期負責遠端診療駐站太空人健康的醫師，透過醫療區旁的視訊螢幕慢條斯理地說：「我們還需要等到遺體運回地面後，才能商請相關的法醫作更進一步的解剖與驗屍，目前的遠端觀察數據只是很粗淺的判斷而已……」

他身旁那位叫湯瑪士・卡林的FCR 1控制室[14]指揮官馬上插了嘴：「因此，在一切水落石出之前，還煩請各位駐站的工作人員守口如瓶，我也會向各位所屬的太空總署或太空局，下達一份正式的保密公函。」

卡林上校是一位灰白髮的中年男子，從他臉上嚴肅的一號表情看來，可以端倪出他那種不喜形於色的軍人特質。尤其是他額上那道兩吋左右的疤痕，更令人對他有些無形的恐懼感。

「你們的意思是……要將豪威爾博士的遺體運回地球？使用下一航次的無人貨運飛船嗎？可是……要等那麼長的一段時間，我們該如何保存這具大體？」伊果問。

他腦中充滿了困惑，畢竟在環球太空站上並沒有冰櫃或冷藏設施，那麼他們該如何在這一個多月的等待期間，防止布萊恩的遺體繼續腐敗下去？甚至又該如何在保存屍體的過程中，避免微重力效應所孳生出變體的細菌，危害到站內其他的太空人？

湯瑪士和身旁的幾位官員及醫師討論了好一會兒後，才勉為其難地說：「不能用貨運飛船運送，那樣會耽誤太多時間，就直接在伊菲克力斯號返航時運回來吧！」

伊果和雅各不約而同睜大了眼睛。

因為一個星期後結束任務返航的組員，原本就是他們兩位與已經死亡的布萊恩。如今那座只能容納三位太空人的返航艙裡，本來應該興高采烈返回地球的布萊恩，卻成了一具冰冷的屍體！

當視訊會議結束後，他們依照休士頓的指示，在回收艙內找到了美方報廢的

14. FCR 1 控制室，發音 Ficker One，九十年代的舊稱為 MOCR-1 控制室。

艙內用太空服。幾位組員將布萊恩的遺體套進去後，以站內打包資源回收品的真空設備，抽出了太空服內的空氣，再充入氮氣及混合氣體後，才完成了屍體密封的程序。

伊果決定將布萊恩的遺體，儲藏在東面最盡頭的一間迷你研究艙的夾層裡。五位太空人在那裡為他舉辦了一場簡單的悼念儀式後，就將艙內的溫度調到了最低溫，也期望在返航前的最後幾天，布萊恩的大體不會有太嚴重的腐敗情況。

自從太空站上發生了那起離奇的命案之後，站內的氣氛也籠罩在一片愁雲慘霧之中。伊果依照站內的慣例，將指揮官的職務交接給第18梯次中比較資深的田原後，就一頭栽進伊菲克力斯號的行前檢查與維護工作。

當然，他並沒有忘記帶走那些「如天使般發光的外星人」的影像和影片檔。他抽出相機內的SD記憶卡，用鋁箔紙將它包起來後，縫進屆時要穿的那件內褲的褲頭夾層裡。他告訴自己，絕對不能將這些檔案交給莫斯科任務控制總部，或是俄羅斯聯邦太空局。

與其說他不想重蹈當年禮炮七號組員們所犯下的烏龍，倒不如說他是在未雨綢繆想將那些檔案吞為己有。等到哪一天他退休之後，要撰寫自己的論文或傳記時，這些絕無僅有的影像及影片，肯定可以為他賣到一筆不錯的價錢！

他也想過那些外星人或許與布萊恩的命案有直接關係，不過就算他平白將這些檔案提供給美國太空總署，也不見得會因此找出什麼線索。那起案子的命運，肯定還是會被美方一手遮天吃案下來，他既然連俄羅斯官方都不相信了，又怎麼可能會去相信美國官方？

至於雅各的心情可就沒有伊果那麼輕鬆了。

他與布萊恩為同一梯次的美籍太空人，當夥伴在美方所屬的LU-3後勤艙內遇害後，他也首當其衝成為這宗微重力密室命案的嫌疑犯，因為只有他與死者才有命案現場的指紋系統啟動權限，以及開啟艙門的那兩組通行密碼！

儘管在場的四位太空人都可以證明，當時LU-3後勤艙是從艙內被反鎖著，也都目睹雅各在輸入第一道密碼無效後，才鍵入緊急密碼開啟了反鎖的艙門。但是沒有人敢確定，那些指紋掃描或輸入密碼的動作，是否有什麼巧妙的障眼法？

雅各為了自保，在返航前就已經著手備份了多具監視器的錄影存檔。他依照地勤醫療小組所初步推斷的死亡時段，找出自己所有的不在場錄影畫面，有些影像中還有他和阿尼或田原在檢修服務艙與節點艙的畫面。

他將那些檔案全部傳回休士頓任務控制總部，甚至也拷貝了一份在自己的隨身碟裡，以作為日後在法庭上所需要用到的呈堂證供！

只不過，他與伊果都沒有預料到，他們在返航前處心積慮的準備，最後根本是徒勞無功白忙了一場。

第一章

UTC世界協調時間，二〇一七年五月二日。

美國華盛頓州，I-84高速公路。

維特的車子穿過奧勒岡州的邊境後，終於進入了華盛頓州。他從德克薩斯州的休士頓出發後，就斷斷續續在高速公路上朝北開了三天以上，開累了就在租來的休旅車上睡覺，餓了就在沿途的加油站買些食物果腹。

這一路上，他刻意戴上了寬邊墨鏡，改變了自己的髮型與穿著，就連餐廳和汽車旅館都不敢進去，深怕有任何閃失就會被追蹤到。那幾位隨行來美的俄羅斯聯邦太空局同僚，應該已經發現他脫隊失蹤了吧？美國太空總署不知是否已經透過官方發出了追緝？

他等待這一天已經七年了。為了這一刻的來臨，他曾經費盡心思一路往上爬，從一名年輕的航太工程天才，熬到知名的太空工程學博士，才終於能擠進俄羅斯聯邦太空局參與太空船的設計與建構，就是希望有朝一日能赴美參與航太計畫的合作研討會。

這一切都是為了父親所留下的隻字片語，和他那個永遠沒有辦法實現的承諾。

二〇〇九年，伊果•托夫斯基初登上環球太空站時，維特還只是個未滿28歲的大孩子，正在「波羅的海技術大學[15]」攻讀碩士。父親曾經是他的榮耀與榜樣，更立志要成為像他那樣被俄羅斯聯邦太空局萬中選一的太空人。直到父親返航的太空船發生爆炸意外之後，一切都改變了。

他還記得他與母親在哈薩克「拜科努爾太空發射場[16]」的招待室裡，興奮地等待幾公里外返航艙搜尋隊的消息時，卻出乎意料在電視轉播畫面上，驚見伊菲克力斯號宛如一顆流星般劃過天際，然後在半空中化成一團小小的花火，消失得無影無蹤。

生命竟然如此短暫，幾分鐘前電視新聞還重播著伊果英姿煥發登上太空站時的片段，下一秒鐘三位太空人卻都成了灰飛煙滅的碎片。緊急救援隊在哈薩克的中亞大草原上尋找多個星期，卻只找到返航艙零星的破片與鋼架，與少得可憐的焦黑屍塊。

根據俄羅斯聯邦太空局的影像與數據分析，他們在返回地球的途中，伊菲克力斯號發生了「彈道式重返大氣層[17]」的現象。也就是切出大氣層時的角度過於小，而以一種陡峭的角度又衝入了大氣層內，進而讓返航艙前後錯位，本來應該是位於艙前的防熱罩無法發揮作用，才導致在返回地面的十多分鐘前，就於哈薩克上空解體爆炸了。

維特永遠忘不了母親聲嘶力竭跪倒在地上的身影，前一刻歡天喜地的期待，最後盼到的卻是一個殘缺不全的下半生。母親從此成為他太空人之路的阻力，當她罹患非霍奇金氏淋巴癌[18]末期時，甚至要求維特可以成為航太工程師，但是絕對不能步入父親的後塵，繼續懷抱著登上太空的夢想。

他答應了母親的願望，畢竟沒有一位女性可以承受那種傷心欲絕的椎心之痛，再一次發生在自己兒子身上。

15. 波羅的海技術大學（Baltic State Technical University）。
16. 拜科努爾太空發射場（Baikonur Cosmodrome），前蘇聯政府建造於哈薩克共和國的發射場和飛彈試驗基地。
17. 彈道式重返大氣層（Ballistic Reentry）。
18. 非霍奇金氏淋巴癌（Non-Hodgkin Lymphoma）。

他曾經想不透，伊果在返航前所寫給他的最後一封電子郵件，到底想要傳達些什麼訊息？因為字裡行間充滿著一些不合常理的語句。當年太空站上俄籍組員與家人的通信，大多會以航太機密為考量而進行檢閱，確認沒有洩密的疑慮後，才會從郵件伺服器被釋出。

也許，地勤人員並沒有端倪出問題，但是在維特眼中那封信卻充滿了疑竇。除了信中所提到的家中現況與現實有所不符，某些用字遣詞也不太像伊果的慣用語，甚至還出現了幾個詞不達意的錯字。伊果在文末的署名Igor Tovski，還跟著一組IV/IV的奇怪符號？

維特當年所攻讀的明明就是航太工程系，在信中卻被父親誤植為資訊工程系；母親的娘家也沒有任何兄弟，伊果卻提醒他要帶著母親與舅舅，一起到哈薩克去迎接他。

那封郵件著實讓他讀得丈二金剛摸不到頭。

直到父親意外過世之後，他才開始懷疑也許那些內容並不完全是「明文」，而是摻雜著加密文字的「密文」？他突然想起小時候和父親玩過「換位暗號法[19]」與「替代暗號法[20]」的解字謎遊戲，索性將信件內容列印了出來，並且用鉛筆將那些俄文字母套上公式代換。

首先，他將信中幾個與事實不符或詞不達意的字彙挑了出來，套上伊果教過他的「換位暗號法」，也就是如果密文為「Ercseu Em」，那麼就以每兩個字母為一組互換位置，依此類推逐一去換位，就會顯現出「Rescue Me」的明文。不過這個方法並沒有將那些俄文字彙重組成什麼合理的詞句。

他接著使用「替代暗號法」來解字謎，這種方式也稱為「偏一位」字母取代法，就是將密文上的每一個字母，都用「俄語字母表」下一個順位的字母取代掉。因此，假設密文為英文的「Qdrbtd Ld」，那麼在每個字母都被字母表中的下一個字母替代之後，就會出現隱藏的明文「Rescue Me」。

儘管如此，他依然沒有還原出任何有意義的字眼，甚至認為這種小學生玩的編碼遊戲太陽春了，很容易就會被精明的莫斯科地勤人員看穿。父親應該不至於冒這種險，跟他玩什麼解字謎遊戲吧？

19. 換位暗號法（Transposition Cipher）。
20. 替代暗號法（Substitution Cipher）。

當他在那張紙頭上塗塗寫寫的過程中，也一直思索著伊果署名後的那組ⅠⅤ／ⅠⅤ符號。難道那會是解譯的規則嗎？它們看起來不太像英文或俄文，如果將它們看做是羅馬數字，那麼Ⅳ字所代表的是4，因此將ⅠⅤ／ⅠⅤ以阿拉伯數字書寫的話，就成了「4／4」。

那會不會是一個暗示？將伊果曾經教過他的兩種解譯法，分別各套用四次？也就是換位法與替代法各重複使用四次？或許經過八次的換位與替代後，就可還原出伊果最原始的明文？

以英文字母為範例，如果密文為「Naoyqa Ia」，四次換位與替代的還原過程將會是——

第一次換位「Anyoaq Ai」→第一次替代「Bozpbr Bj」→

第二次換位「Obpzrb Jb」→第二次替代「Pcqasc Kc」→

第三次換位「Cpaqcs Ck」→第三次替代「Dqbrdt Dl」→

第四次換位「Qdrbtd Ld」→第四次替代之後就出現明文「Rescue Me」

結果，從郵件中挑出的十多個字彙，經過他重複套用那兩種公式後，竟然真的還原出一段簡短的俄文！雖然並沒有什麼文法規則，不過幾個單字所組成的含意卻顯而易見。

「傳說，如天使般發光的外星人，存在。我將會，與你，分享。」

維特雙手發抖握著那張有點皺的紙頭，心中激動地吶喊著：「這就是你臨終前想告訴我的話嗎？」

他反覆讀著那兩句破譯出來的話語，眼眶不自覺紅了起來，可是父親的一字一句，如今卻成了沒有答案的隻字片語。他從小就聽過禮炮七號和「如天使般發光的外星人」的傳說，甚至也相信那幾位太空人所言屬實，不然當年的蘇聯政府為什麼不公開那一段長達四十三分鐘的錄影畫面？

那些能夠登上禮炮七號太空站的組員，各個都是經歷過多少嚴格訓練與選拔，才能夠雀屏中選成為俄羅斯的太空英雄。他們又何嘗願意去捏造事實，或者被診斷為集體幻覺，而斷送了身為太空人的榮耀與前途？

只不過他無法理解，伊果為什麼在密文裡提起「如天使般發光的外星人」？那些已經是超過三十年前的傳言，對許多太空迷來說也是個公開的祕密，那麼他要分享給兒子的又是什麼呢？

維特所能聯想到的是，伊果或許也在環球太空站見到那些傳說中的外星人？才會迫不及待想讓自己的兒子知悉！只不過卻在還沒有抵達地球之前，一切的祕密就隨著伊菲克力斯號葬身在大氣層裡。

維特甚至懷疑那起返航艙的爆炸意外，是否也與那些發光的外星人有關聯？他相信除了父親以外，當時肯定還有其他組員知道內情，或許另外兩位罹難太空人的遺孀或兒女，也和他一樣曾經接獲過什麼無法解釋的訊息？

這些年來他突破層層關卡，擠進俄羅斯聯邦太空局的航太工程部，就是為了想全盤瞭解環球太空站的來龍去脈。他透過官方資料庫裡的一些檔案，明查暗訪到二〇〇九年到二〇一〇年幾位太空人與相關親人的資訊，希望能從他們口中拼湊出當年的一些真相。

當年的尤里・安東諾夫，如今已貴為俄羅斯聯邦會議的「國家杜馬[21]」下議院議員，既然身為國家機器的一分子，維特不覺得能從尤里那邊問出什麼蛛絲馬跡。而阿尼・勘斯瓦，目前是瑞典皇家理工學院[22]的粒子物理學教授，維特曾經寫過電子郵件給他，卻只收到一封禮貌性的問候回函，信中壓根子沒有回答維特所提出的那些疑問。

田原孝介，則是在日本的筑波宇宙中心[23]任職，負責JAXA太空人候補員的培訓規畫，他完全沒有回覆維特的郵件，不敢確定是電郵地址有誤，或是和阿尼一樣可能被下了封口令，才會刻意迴避當年在環球太空站上的一些敏感話題。

另外兩位罹難太空人的家屬幾乎是無從查起。雅各・湯普森的妻子，在伊菲克力斯號爆炸事故的隔年，就搬離曾經與雅各居住的那個小鎮，聽說後來也改嫁他人，從此隱名埋姓重新過著新生活。

唯一有回音的是布萊恩・豪威爾的女兒，她的名字叫做布瑤・豪威爾，目前在西雅圖的一所小學當教師。當維特得知自己將代表俄羅斯聯邦太空局赴美，與美國太空總署的工程師們進行下一波航太計畫的研討會時，心中就悄悄地規畫著所有的後續行動。

在他們一行人抵達詹森太空中心之後，維特馬上將這幾年來明查暗訪後所撰寫的幾篇文章，郵遞到好幾間歐美主流與非主流的航太雜誌編輯部。那些文章除了比

21. 國家杜馬（State Duma）。
22. 皇家理工學院（Kungliga Tekniska högskolan / KTH）。
23. 筑波宇宙中心（Tsukuba Space Center / TKSC）。

對禮炮七號太空站上的奇異現象，是否有可能也發生在環球太空站上，他甚至還公布了伊果返航前的那封信，與那段「如天使般發光的外星人」密文的解譯過程。

維特希望能透過這種公開的發表，喚起更多人關注「如天使般發光的外星人」與伊菲克力斯號爆炸案的關聯性，或許能夠因此收集到更多關係人的消息。他不相信自己會是唯一一位，接獲環球太空站組員詭異訊息的親人！

他深知當這些文章被雜誌社刊登後，他在俄羅斯的職務或安全將會有所顧慮。因此，在排定的技術交流與研討會結束的前兩天，便脫隊逃離了德克薩斯州的休士頓，用偽造身分租了一台休旅車後，便開始了由南往北的長途跋涉。

維特的母親在兩年前就過世了，莫斯科對他來說已經沒有任何牽掛了，他覺得此時應該就是尋找心中那個謎團的最好時機。

＊

維特花了四十多個小時停停走走，穿越了新墨西哥州、科羅拉多州、懷俄明州、愛達荷州，才總算抵達目的地華盛頓州！他下了US-2高速公路的交流道後，便隨著GPS的指示朝西雅圖市區行駛，尋找布瑤所提及的那間咖啡廳。

在他脫隊離開詹森太空中心之後，就已經透過加油站的公用電話和布瑤連絡上了。雖然布瑤在電話中猶豫了好幾秒，不過還是答應他三天後的下午四點鐘，在派克市場[24]1912號的那間星巴克創始店會面。

維特走進那間外觀與裝潢都不怎麼起眼的咖啡廳後，便在櫃台前點了一杯美式咖啡，還刻意壓低聲線用呢噥的語調說話。他當然不希望自己濃濃的俄腔英語會讓人留下印象，而成為日後被官方追蹤時的線索。

他找了一個靠窗的雙人圓桌坐了下來，並且在桌上放了一本當期的《國家地理雜誌》，這是他與布瑤約定的辨識方式。維特環視了整間咖啡廳，大約只有七、八位顧客，他們大多是成雙成對的中年人，或是剛剛下課的大學生，其中也有兩位上班族的男女。

最後才將目光停留在窗外的街景，期盼下一位走進咖啡廳的將會是布瑤。

下午四點三十分，咖啡廳裡的顧客越來越多，櫃檯前也開始排著五、六位外帶

24. 派克市場（Pike Place Market）。

咖啡的客人。維特已經等了超過四十五分鐘，不過那位未曾謀面的女子卻仍未出現。他開始猶豫到底該不該再等下去？

他對這位豪威爾小姐的性格一無所知，卻曾在電子郵件和電話中詢問過一些奇怪的問題。現在又貿然約對方出來見面，她大可為了安全起見事後食言爽約。

不過五分鐘之後，原本坐在隔他兩桌的一位棕髮女子卻突然站了起來，表情還有點靦腆地走到他的面前，然後逕自在他對面的那張椅子坐了下來。

維特愣了一下，雙眼直盯著那位女子。

她指了指桌上的那本《國家地理雜誌》，有點羞怯地說：「我就是你在等的那位布瑤．豪威爾……」

「原來妳一直都坐在那裡？」

布瑤皺了一下鼻子：「對不起，其實我這兩天考慮了很久，一直在斟酌該不該赴這個約，本來還打算要放你鴿子……」

「我也猜到妳有可能會那麼做。」

「可是當我重讀你在郵件中所提到的幾個問題，我猜到你可能是在追查當年那艘太空船失事的真相。無論那次意外的背後到底有沒有什麼祕密，我覺得我都應該協助你查個水落石出，畢竟我爸也是當時的罹難者之一。」

「真是非常不好意思，因為我的貿然行事而讓妳如此為難，還挑起妳對那起意外的不愉快回憶。」

「快別那麼說！我相信你也曾經和我一樣傷痛過，才會遠從俄羅斯飛到這裡尋找線索。我剛才坐在那裡，一直在觀察你的一舉一動，只是想確認你並不是網路騙子，或是什麼專寫杜撰祕辛的三流作家。不過，當我看清楚你的長相之後，很肯定你的確是伊果・托夫斯基的兒子！」

「喔，怎麼說？」

布瑤在皮包裡掏出了一只淺藍色的皮夾，從皮夾內抽出了一張泛黃的紙片，然後將它推到維特的咖啡杯旁邊。

「你看看這個。」

那是一張有點褪色的彩色照片，畫面中有六位或蹲或坐的中年男子。從他們重心不穩的姿勢看來，或許是在微重力空間所拍攝的，背景應該就是環球太空站的某個艙房。

維特對那張相片並不陌生，因為它曾經出現在許多報章雜誌上，畫面由左到右分別是：田原、雅各、布萊恩、伊果、尤里和阿尼。

布瑤幽幽地說：「這麼多年以來，當我遇到任何挫折或失敗時，常會盯著照片上的父親說話，將心中一切的不痛快向他傾訴。所以，我對照片中站在他右邊的伊果一點也不陌生，剛才看清楚你的五官之後，還差一點嚇了一跳，因為你和他簡直是一個模子刻出來的。」

維特將那張照片拉得更近，仔細端詳著伊果的五官：「真的嗎？我還從來沒有意識到。」

布瑤沉默了幾秒後才道：「好吧，我不敢確定我所提供的訊息對你有沒有用，但是我和我媽已經盡力而為了。自從收到你的電子郵件後，我們一直在回溯當年的記憶片段，也過濾是否有發生任何無法理解的怪事。不過，我們所能想到的都稱不上是怪事，頂多只能算是不合邏輯或意料之外的小細節。」

「譬如說？」維特問。

「嗯……我爸在環球太空站待了將近半年，當時他幾乎是每隔一天就會寫一封電子郵件給我或我媽，那是他和我們唯一的連絡方式，而且也從來沒有間斷過。不過奇怪的是，在他即將返航的那個星期內，我們卻完全沒有接到他的任何信件。」

她停頓了一下，然後抬起頭詢問維特：「你父親寫給你的最後一封信是什麼時候？」

維特不假思索馬上回答：「二〇一〇年一月五日，要返航的前兩天。」因為，那封信他早已讀過上百遍，就連內容也都背得滾瓜爛熟了。

布瑤接著說：「我們從二〇一〇年一月一日起，一直到一月七日伊菲克力斯號返航當天，都沒有接過我爸的電子郵件，就連最重要的『新年快樂』之類的祝福話語也沒有。我媽曾經打電話到休士頓詢問，指令通訊人員只是應付了事地說『三位組員應該是返航前夕比較忙碌，才疏忽了與家人的通信』。」

她抬起頭望著維特：「你覺得有可能嗎？就算他忙得沒有時間寫信，太空站上也不是沒有網路電話，怎麼可能連新年祝賀的電話都沒有一通？而且，你那段時間還不是照樣收到令尊的郵件。」

「所以，豪威爾博士在返航前的最後一週，早就與你們完全失聯了？」

「另外，我一直以為在他們返航時，媒體只發過文字新聞稿，並沒有刊登返航的新聞照片，至少美國的報章雜誌上並沒有。可是，我前幾年在網上搜尋時，卻無意中發現了這張瑞典報社的新聞照片存檔，上面還標明照片來源為歐洲太空總署。」

布瑤從手邊的資料袋裡翻出一張列印的圖檔遞給他。照片的底下簡單介紹了伊菲克力斯號的返航日期，與三位太空人的國籍及姓名。畫面中則是穿著太空服的伊果與雅各，他們背對著鏡頭正準備爬進太空船的對接艙，兩個人都回過頭朝著相機比了一個大拇指手勢，只不過臉上並沒有任何興奮的笑容。

「上面並沒有豪威爾博士？」維特問。

布瑤點了點頭：「我第一眼看到這張照片時，只認為也許是對接艙太小了，我爸可能是排在伊果和雅各的後面，抑或是他早已先爬進太空船內，才會沒有機會入鏡。但是我也可以合理的懷疑，他根本就不在鏡頭之外，不是嗎？」

維特仔細觀察著那張照片，口氣謹慎地說：「以我對阿爾戈功能艙後方這個對接艙的瞭解，那裡根本無法容納四位組員，別說是三位太空人與一位拍攝者，就連兩位組員都稍嫌擠了些。因此，豪威爾博士不太可能是站在他們後方的鏡頭外。」

他隨之指著照片的某一處，表情疑惑地說：「還有，妳看到背景對接口上那兩扇像鍋蓋的圓形艙門嗎？它們其實是太空船最頂端那個尖圓的頂點，一個是內層的對接核，另一個則是頂罩。」

維特順手在紙巾上畫了個潦草的示意圖，才又接著說：「俄羅斯的太空船都是以這個尖頂與太空站的對接艙結合。在對接完成之後，組員們就是打開太空船的對接核和頂罩，才能一個個爬進環球太空站。不過，妳有沒有發現什麼地方不對勁？」

布瑤接回那張列印的圖檔，將目光停留在背景的對接口好幾秒：「那個像鍋蓋般尖圓的頂罩是敞著的！可是你說的那扇對接核的門卻是緊閉著？你的意思是……如果我爸是第一位爬進太空船的人，那扇對接核的門應該是敞開著，不可能是關上的？」

「沒錯！而且環球太空站上的組員，仍然有資深與資淺之別，我父親是第15梯次的資深太空人，也曾擔任過兩個月的輪任指揮官，更是那艘俄羅斯太空船的主要操控者。而豪威爾博士與雅各則是第17梯次的美籍組員，妳認為誰應該會是那位領頭進入太空船的人？」

「操作太空船的人……你父親……伊果！」布瑤頓時恍然大悟。

維特點了點頭：「也就是說這張照片拍攝的時間點，是在所有太空人都尚未爬進太空船之前拍的！」

「難不成……我爸除了與我們失聯一個星期，現在就連有沒有登上伊菲克力斯號也都是個問號？」布瑤問。

「這只是推斷而已。」

維特沉默了半晌，凝視著照片中的伊果良久，才帶著懷疑的語氣道：「我非常瞭解自己父親的性格，他盼了好久才盼到重返地球的這一天，絕對不可能會如此面無表情的面對鏡頭，看起來甚至有些心事重重的樣子。只不過照片裡的組員們都已經遇難了，當時目睹你父親是否登上太空船的人，或許就只剩下拍攝這張照片的組員了。」

「你覺得會是誰呢？」

「假如這是由歐洲太空總署提供給媒體的照片，那麼只可能是他們所屬的太空人拍攝與上傳至該太空總署。當時在環球太空站的歐洲組員，只有……」

「瑞典籍的阿尼・勘斯瓦！」他們倆不約而同脫口而出。

布瑤除了聊到布萊恩在太空站時，與家人的互動關係之外，也提到一些視訊通話或往來書信的大致內容。

「妳的電腦裡還有存留著豪威爾博士的郵件嗎？」維特問。

她卻嘆了一口氣：「這七年來我已經換過好幾台筆電，剛開始還會小心翼翼將那些信件備份到新電腦上，可是自從其中一台電腦中毒之後，硬碟裡那些信件全部不翼而飛，我當時還難過了好一陣子……」

「難道妳都沒有備份到外接式硬碟或列印出來嗎？」

布瑤皺了皺眉頭，搖搖頭說：「不過，我當時都有將讀完信件後的一些隨想，寫到日記裡……或許我回去將那些日記挖出來讀一讀，搞不好可以想起某些信件的內容。」

「妳寫日記？這年頭有書寫習慣的年輕人不多了，更別說是寫日記。妳還蠻與眾不同的！」

她笑了出來：「沒什麼，我是個文字癖，而且那時候只是個十多歲的小女孩，很喜歡用書寫來抒發心中的情緒。反正就是覺得鍵盤打出來的字體，怎麼看都不太像是我的心情寫照，才會手寫了許多年的日記。」

「我方不方便讀那些日記？我是說如果……現在就到妳家……」他可能也覺得自己的要求有些突兀，語調也變得有點支支吾吾。

布瑤愣了一下，睜著圓圓的藍眼睛考慮了好久，才勉強地回答：「那幾本小時候的日記本，應該還留在我媽媽車庫的儲物間裡，不過她還住在城外的貝靈厄姆[25]老家喔。」

維特不經意露出了失望的表情，低下頭攪著咖啡杯裡的那根扁木棒。

「不然這樣好了，我明天下課後跑一趟貝靈厄姆，晚上回西雅圖後就將與我爸有關的那些日記整理出來！我們後天四點鐘再來這裡碰面，好嗎？」

「那太好了！不過還真是麻煩妳……特地為我跑那一趟。」

「別這麼說，來回不過三小時車程而已，我每個星期也是那樣回去探望我媽，已經很習慣了。」

他們的會晤大概持續了兩個多小時，維特除了詢問關於布萊恩的事情之外，也告訴了布瑤關於伊果的加密郵件、「如天使般發光的外星人」，與俄羅斯禮炮七號所發生過的那些奇異現象。布瑤雖然聽得興致盎然，卻不記得布萊恩曾經跟她提過這類的事件。

當維特將自己父親留下的片段拼湊在一起時，布瑤也開始懷疑布萊恩是否也曾留下什麼訊息？卻因為她對父親死亡時的抗拒，而蒙蔽了對那些線索的感知能力。

*

事實上，當布瑤結束了與維特的會面後，就已經決定要直接驅車返回貝靈厄姆的老家，並且在母親的儲物間裡翻出了二〇〇九年到二〇一〇年的幾本日記。她甚至沒有和母親聊上幾句，就匆匆道別趕回西雅圖的寓所。

因為在她和維特的對話中，的確勾起心中的許多疑問，譬如她從未懷疑過布萊恩臨終前與家人失聯一個星期，到底是不是發生了什麼事？而他的失聯是否又和後來的爆炸意外有所關聯？如今卻在維特的牽引下，她才開始不斷回想、檢視那些不曾留意到的蛛絲馬跡。

對布瑤來說，十八歲是她人生中的一個斷層，曾經所擁有的一切，全被布萊恩遇難的噩耗摧毀得蕩然無存。布萊恩來不及參加她的高中畢業典禮，沒有機會見到她為畢業舞會穿上小禮服的模樣，更無緣與她一起慶祝申請到華盛頓大學時的喜

25. 貝靈厄姆（Bellingham, Washington, USA），距離西雅圖市區 88.7 公里的城鎮。

悅。那些日子曾是她生命中最灰暗的時光。

當她重讀二〇一〇年一月八日之後的那些日記，那種痛不欲生的沉重感又再浮上心頭。她緩緩往前翻，刻意跳過了一月一日到一月七日那幾篇，那是她不滿布萊恩好幾天沒回電子郵件，而鬧脾氣所寫的一些抱怨，如今讀起來卻是那麼幼稚與無知。

她好不容易翻到二〇〇九年下半年度，也就是布萊恩登上環球太空站後的那段期間，仔細讀著自己曾經寫過的每一篇日記，企圖從字裡行間回想布萊恩當天所給她的郵件內容。

布萊恩有時提醒她要和母親和平相處，不要處處與她針鋒相對；有時候是要她注意每間大學的申請截止日期，不能漏掉某些送件程序的叮嚀；有時候則是聊到他在太空站上的一些新奇體驗，以及其他幾位組員們所發生的趣事。

他在頭幾個月的來信中，大多是充滿好奇與興奮的生活點滴，可是到了最後一個月心情卻急轉直下，偶爾還會出現一些思鄉、感傷或負面的話語。當布瑤收到這類的電子郵件時，心裡還是會擔心布萊恩的情緒狀況。

布瑤的母親告訴她，詹森太空中心的地勤醫師有提過，通常在太空站上停留超過三個月以上的組員，因為長期處於狹窄的封閉空間裡，後期的確會出現一些輕微的抑鬱傾向。不過，她現在卻懷疑那些所謂的情緒低落，到底真的只是太空人的抑鬱症，還是布萊恩在太空站上受到什麼壓力或排擠，而產生的不愉快？

布瑤翻到12月上旬的其中一篇日記時，目光頓時停留在那一頁稍嫌空白的頁面上，因為上面並沒有她慣有的密密麻麻字跡，只有好幾句簡短的英文詩句。她輕聲唸著那首似曾相識的詩，還不自覺重複唸了兩次、三次、四次。

顫音　The Trill

天之子，　Son of the celestial,
地之童，　Child of the earth,
來自同母體的雙子，　The twins who came,
From the same uterus,
重聚於七重天之下。　Are reunited,
Under the seven skies.

天之子，　Celestial´s son,
垂睫，　Sympathetic,
凝望著遠方的子民。　Gazing out at his faraway people.

地之童，　Earth´s child,
回首，　Staring back,
顧盼於毀滅的低吟。　At the rumblings of destruction.

在惡魔左手之關節，　On the elbow of the devil´s left-hand,
希望的星芒將顯現。　The star light of hope shall appear.

她霎時覺得有些思緒彷彿從腦海底層又再浮起，當初那些斷腸欲絕時極度想忘卻的記憶片段，隨著日記裡熟悉的文字又慢慢回來了。

她想起，那是布萊恩寫的一首詩，她之前並不知道父親有如此古典的嗜好，抑或是在太空站上乏味的生活，才讓他有了寫詩的閒情逸致？不過當年才十八歲的她，讀到布萊恩郵件裡竟然寫了這麼一首詩時，差一點大笑了出來，甚至還有點不以為然。

畢竟那些黑暗或壓抑的詩句，與她所熟悉的那位陽光型父親完全無法聯想在一起。布瑤當時只覺得他可能真的是悶慌了，才會寫出那麼些強說愁的字句。

她之所以會將這首詩謄抄到日記上，是因為布萊恩在那封郵件的文末提到，她現在的年紀還小，或許無法瞭解這首詩的含意，但是希望她能夠記在腦海裡，有一天將會有人看得懂。

布瑤還以為布萊恩所指的，是詩裡面寓意著什麼成人世界的大道理，要等到她長大之後才能體會到箇中的境界。因此讀完信之後，就順手將它抄在自己的日記本裡，連背誦都懶得去背，就翻到了下一頁繼續書寫著自己的隨想。

許多年後的今天，她就算重複唸了這首詩那麼多遍，卻依然無法瞭解其中的真正意義。她突然想到維特，如果有一天將會有人看得懂，那麼會是他嗎？她順手將一張黃色便條紙貼在那一頁的上方，打算後天和維特見面時問問看他的想法，搞不好以他敏銳的觀察力可以端倪出什麼線索。

不過，當布瑤帶著日記本再度回到派克市場的星巴克時，維特並沒有依約前來。她坐在那張靠窗的座位，凝視著大街上的車來人往，卻始終沒有等到維特的到來。

兩個小時之後，她才若有所失離開了咖啡廳。

在往後的日子裡，布瑤並沒有再接到維特的任何消息，她發了兩封電子郵件給他，不過都是石沉大海沒有回音。她也試過回撥維特來電的那個號碼，才發現那原來是公用電話的號碼。

她突然意識到，也許整件事情真的沒有那麼單純，她雖然與維特只有一面之緣，卻還是會擔心他目前的安危。最重要的是，她心中那些被維特所牽引出來的疑惑與謎團，到底又能向任何人透露呢？

第二章

UTC世界協調時間，二〇一八年三月十二日。

美國德克薩斯州，休士頓市。

星野天彥才剛步入「喬治・布希洲際機場」的入境大廳，就看到遠處有人舉著一面白色的牌子，上面用英文寫著「日本宇宙航空研究開發機構」的縮寫JAXA，和他姓氏的羅馬拼音Hoshino。他朝那個方向揮了揮手之後，就推著行李車走了過去。

「星野先生你好，歡迎回到德克薩斯州！我們是『詹森太空中心』的人員，負責接送你入住臨時居所，以及安排下星期一的報到事宜……」

迎接他的是一位穿著黑色套裝的金髮女子，後面還跟著一位身著藍色Polo制服的年輕男子。那位女子確認了星野的身分之後，便差遣男子接手他的行李車，然後禮貌地領著他走出機場，搭上一台印著詹森太空中心標誌的休旅車。

還好，這裡並沒有在羽田機場時那般混亂，他還是頭一遭被數十名報章雜誌的記者團團包圍，採訪的話題全都圍繞在即將到來的太空任務。他和隨行送機的家人及JAXA的官員們，只能配合著記者亦步亦趨，在停停走走之間回答了各種問題。

他知道父母都以他為榮，因為他是繼一九九二年日本首位進入太空的「宇宙飛行士」毛利衛之後，第十三位被美國太空總署相中的日籍太空人，將遠赴環球太空站參與第二階段的主架與桁架工程，以及協助第四座節點艙的對接任務。

星野看著車窗外熟悉的街景，臉上不自覺露出了一抹微笑。這並不是他第一次來到休士頓，過往兩年的太空人訓練期間，他和同期的太空人候補員，都分別在日本的筑波宇宙中心、美國的詹森太空中心、俄羅斯星城[26]的加加林太空人培訓中心[27]，接受過各種嚴格的任務訓練。

他從九州大學取得航空工程學士，與應用機械碩士十多年，一直都在民營航空公司擔任飛機結構技術的監督。當初只是抱著不試白不試的心態，投遞了JAXA太空人候補員的申請書，卻意外通過重重的面試與選拔，正式參與了候補員的培訓計畫。

這兩年來，除了修讀那些航太、科學或機械的理論課程之外，他們還要適應如何在微重力的加壓空間內，完成各項實驗或研究任務。每一位日籍的太空人，更需要學習如何操作太空站上那座日本製的機械手臂，以及在中性浮力[28]的水池裡，模擬太空站外無重力的狀態，進行日本朝永實驗艙[29]的維護與修繕任務。

在日本、美國與俄羅斯三地的密集訓練後，他總算以優異的表現被遴選為美方的太空人候補員，更幸運地晉身為二〇一八年第36梯次太空任務的組員。

他的人生就那麼被推向嶄新的一章。

這一次重回詹森太空中心的主要原因，就是要在遠赴俄羅斯與哈薩克的拜科努爾太空發射場之前，先與同梯次的女太空人貝拉蜜・羅賓森，進行各項行前的團隊任務演練，以及組員之間的默契培養。不過此次的太空任務除了他們之外，還有另一位同行的「太空遊客」，將會在環球太空站上停留十天左右。

26. 星城（Star City），莫斯科外的一個小鎮。
27. 加加林太空人培訓中心（Yuri Gagarin Cosmonaut Training Center），位於莫斯科以東，為俄羅斯太空人重要的選拔、培訓與行前考核基地，亦是知名的「太空人搖籃」。
28. 中性浮力（Neutral Buoyancy），是一種在水底學習如何控制浮力的訓練，用以模擬無重力環境下工作的條件。
29. 朝永實驗艙，作者虛構的實驗艙之一。是以日本物理學家、諾貝爾物理學獎得主「朝永振一郎」命名的實驗艙。

星野對貝拉蜜並不陌生，畢竟他在候補員的受訓期間，被派到休士頓和莫斯科接受外訓時，就已經認識那位帶點拉美混血長相的棕髮女子。貝拉蜜雖然已屆輕熟女年紀，不過嬌小的體型與甜美的樣貌，看起來頂多只有二十出頭，完全無法想像她是位在加州理工學院任職的教授，甚至是個整天鑽研微波、雷射、高能粒子束或電磁動能的物理學家。

至於那位太空遊客，星野則尚未謀面過。根據俄羅斯方面傳來的新聞譯稿，他叫做阿哈努・索西，35歲，是來自加拿大西岸的舒斯瓦普族[30]原住民，也是Ogopogo電玩遊戲公司的執行長。電子媒體暱稱他為「微笑藥師[31]」，只因為他在該族所傳承的位階是藥師，而且出現在媒體時總是笑臉盈盈，令人猜不透他敏銳的心思到底在想什麼。

阿哈努在大學畢業後，並沒有繼承族人賴以為生的觀光賭場家業，反而是與大學時期的好友在溫哥華成立了一間小小的軟體開發工作室，卻意外在短短十年間以多款受歡迎的遊戲App揚名國際，而躍升為加國的年輕首富之一。

聽說這位年輕的加拿大富商，斥資了美金三千多萬元，順利通過俄羅斯聯邦太空局的健檢認可後，已經在星城接受過為期八個月的業餘太空人訓練，即將成為航太史上第九位花大錢上太空的富豪觀光客。

他們三人會合之後，將一同出發前往莫斯科，進駐加加林太空人培訓中心一段時間，直至「珀耳修斯號」太空船發射的那一天。

星野在抵達休士頓的第四天，調整完時差與體能之後，就重回詹森太空中心報到，也與同梯次的貝拉蜜會合，展開了太空總署所安排的一連串驗收與行前會議。他也在中性浮力水池內，最後幾次模擬無重力狀態搭建主架與桁架的步驟，更反覆演練以機械手臂完成第四座節點艙的對接任務。

因為再下一次，就會是在遙遠的環球太空站上，以真槍實彈完成任務了。

那天午後，星野和貝拉蜜剛結束與俄羅斯星城的視訊會議，正從4-S樓的宇航辦公室走出來，準備到太空中心的主餐廳去用午膳。貝拉蜜聽到星野隨口提到那位太空遊客的資料後，臉上露出一種狐疑的表情。

「微笑藥師？他是藥劑師或是藥廠的大老闆嗎？」

30. 舒斯瓦普族（Shuswap Nation Tribal），位於加拿大不列顛哥倫比亞省北方的原住民部落。
31. 微笑藥師（Smirking Medicine Man）。

「不是那種藥師啦，應該是原住民的一種階級尊稱，就像酋長或祭師那樣吧？」

「那麼特別？我的腦中突然閃過一位身穿印地安傳統服裝，頭戴鷹羽頭飾的神祕男子，雙手扠腰站在太空站艙房內仰天長……笑的畫面耶！」

星野噗哧笑了出來：「不會吧？珀耳修斯號就那麼丁點大，哪能讓他帶上那些華麗的行頭上太空？」

「說的也是，我這樣形容印地安人，好像也太刻板印象了。」

「印地安人？這年頭哪還能用這個詞？應該稱他們為北美原住民[32]喔！」

他們對那位素未謀面的舒斯瓦普族男子充滿了好奇心，畢竟一位原住民部落的藥師，卻是從事最潮的電玩產業，而且年紀輕輕就成了加拿大的首富之一，光是那些矛盾綜合體的衝突感，就讓他們對這位太空遊客有了些期待。

正當他們準備走進3號樓的餐廳時，身旁突然駛來一輛園區內專用的電動車，一位身穿藍色Polo制服的工作人員，朝他們喊著：「星野先生！羅賓森教授！FCR－1的卡林上校，請你們到17號樓一趟，勞駕兩位跟我上車。」

他們倆愣了一下，不過還是跳上了電動車後座。

「17號樓是哪個部門呀？」貝拉蜜壓低了聲音問星野。

「我也不知道，不過湯瑪士不是在30-M樓[33]的任務控制總部嗎？」

湯瑪士・卡林是任務控制總部FCR 1控制室的指揮官。那個控制室也就是環球太空站專屬的地面連絡中心，由多位指令通訊員每日24小時輪班，負責派送任務給太空人，以及接收、回報與協助組員解決太空站上的各種狀況。

這次星野與貝拉蜜的許多模擬任務，都曾和這位卡林上校的部門搭配過，因此對他並不算太陌生。

只不過當他們抵達目的地時，兩個人都猶豫了一下。

那棟17號樓門口竟然寫著「太空食品系統實驗室[34]」。剛才的藍衣工作人員領著他們走過了原料分析實驗室、食品加工實驗室、太空包裝實驗室後，才穿進一扇貼著「測試廚房」牌子的門。

32. 北美原住民（Native North Americans）。
33. 30-M樓，克里斯多弗・卡夫任務控制總部（Christopher C. Kraft Mission Operations Control Center）所在。
34. 太空食品系統實驗室（Space Food Systems Laboratory）。

偌大的廚房裡有一位廚師裝扮的中年男子，和一位戴著口罩身著實驗室白袍的女子，看起來像是正在研究料理台中央的幾道菜色。另一面牆的窗邊則有一位身材高䠷的男子，正背對他們欣賞著窗外的景色，剪裁合身的窄版西裝背影，看起來活脫像個流行雜誌走出來的模特兒。

「喲，你們總算來了！」

男子轉過身後，順勢將手中的一塊食物往嘴裡送，還不經意將有點油膩的手指，往身上的名牌西裝抹了一下，感覺上好像是個蠻隨便的人。在背光的情況下，他們幾乎看不清楚他的長相，不過可以確定他並不是卡林上校。

「不是說FCR 1的人要見我們嗎？」貝拉蜜的眉頭稍稍皺了一下。

「不是的不是的……是我請他們幫忙找來兩位而已。」那位男子走到廚房中央的料理台，順手將手中的小盤子擺了下來。

此時，星野和貝拉蜜才看清楚他的樣貌。

男子稍嫌凌亂的黑色短髮底下，是一張略帶古銅色的長臉，濃濃的壓眉襯著一雙淺棕色的眼眸，男性化的薄唇闊嘴，卻露出一種小男孩般的笑容。也許是他眼窩的臥蠶比較深，讓人覺得就連他的雙眼都帶著點笑意。

他有點隨興地搔了搔後頸，才接著道：「我叫阿哈努．索西，就是這次要跟著你們登上環球太空站的『閒雜人等』，此行還懇請兩位多多關照呀！」

「你是……微笑藥師！」星野睜大了眼睛，不小心脫口而出。

那位男子大笑了出來，露出兩排白亮的牙齒：「你連這個綽號都知道呀？真尷尬！不過你們要是嫌我的名字難發音，叫我Smirk、藥師或微笑藥師都請隨意啦！」

貝拉蜜和星野迅速上前，很熱切的和他握了握手，還不經意瞥見他右手虎口上有一小片黑色與紅色的圖案，那或許是手腕或手臂上所延伸下來的刺青一角，看起來應該是原住民的圖騰紋路。

「你們還沒吃過午餐吧？唉，這就是我找你們來的目的！」

阿哈努朝著那位廚師揚了揚下巴，就領著他們走向窗邊一張臨時的餐桌旁坐了下來。沒多久那位廚師就端來一道道的餐點，不過卻是裝在太空站的那種藍色食物托盤裡。盤內右下角還有一片磁鐵吸附著金屬的餐具和剪刀，四五包太空人的真空食物包底部，也用魔鬼氈固定在托盤上。

當星野看見那只托盤時，差一點傻眼，因為那就是他們訓練期間最常吃的太空餐呀？他本來還以為這位年輕的富商要招待什麼珍饈美食呢！

阿哈努雙手抱胸坐得直挺挺，臉上依然是笑容滿面，彷彿正在觀察他們倆的反應。

「好啦好啦，看看兩位失望的表情，這些可不是你們想像中的那種太空餐喔！而是我花了兩個多月的時間，委託好幾位美食專家、米其林三星級大廚，與太空中心的這間實驗室合作，為我個人精心設計的太空菜單呀！」

星野的眼睛突然一亮，一邊讀著每個真空包上的標籤，一邊用剪刀逐一開封：「哇，這包是鵝肝白松露凍、鱘子醬焗馬鈴薯，還有奶油炒皇帝蟹和楓糖切努克鮭魚……」

「這些只是菜單上的一小部分，到時運到太空站上的可不止如此呢！」

「有錢人真好……」一旁的星野喃喃自語，卻早已開始大啖著一片楓糖鮭魚。

貝拉蜜倒是還算淡定，還有些不以為意地說：「這太奢華了吧？難道你平常都是吃這種食物？膽固醇也太高了吧？」

阿哈努揚了揚眉毛，歪了一下嘴角：「其實，我從小就在北方寒冷的原住民保留區長大，在那種鳥不生蛋的環境中，實在沒有太多的天然資源。冬天能狩獵到的就是麋鹿，夏天則是捕獵鮭魚的季節，因此我們的主食通常就是烤麋鹿肉或煙燻鮭魚。」

「麋鹿肉也可以吃？」星野睜大了眼睛。

「當然，不過舒斯瓦普族人的飲食習慣偏清淡，頂多在肉上抹些鹽或楓糖，很難滿足我對食物的口慾，如今既然有能力嚐遍各種美食，我當然就不會錯失良機。畢竟我這個人天生就對味覺和嗅覺非常非常敏感。」

貝拉蜜歪著頭想了想：「敏感的味覺和嗅覺？難道不是成為藥師的必要條件嗎？」

「是，也不是！這年頭藥師這種古老的職務，在原住民保留區裡早已形同虛設，尤其是西方的宗教傳入部落之後，早已破壞了許多北美原住民傳統的信仰與語言，哪還會有人相信什麼草藥、靈療或占卜？教堂與醫院早已取代了上個世紀神聖的藥師，成為他們心靈與疾病的避風港。」

「那麼……你又怎麼會成為一位藥師？我是說如果人們已經不再需要你們了？」

「我祖母曾經是舒斯瓦普族的老藥師，我從小就是她一手帶大，因此耳濡目染學到許多印地安傳統的藥學和天象。她還曾經將我送到不同的部落，跟其他族裔的藥師學習靈療、祭禮或占卜……。她或許也覺得我超強的味覺與嗅覺，能夠成為一位懸壺濟世的藥師，所以臨終之前就將這個有名無實的位階傳承給我。」

阿哈努停了幾秒，突然又自嘲地笑了出來：「結果，我卻離開了部落到城裡上大學，最後還成了現在這位搞科技產業的藥師！」

星野嚐了一口鱘子醬焗馬鈴薯，露出了滿意的笑容，還隨口問道：「超強的味覺和嗅覺？你是指像狗鼻子那樣，可以聞到遠處的氣息嗎？」

「不是那種嗅覺，這……我該怎麼形容呢？反正你們也不會相信啦。」

貝拉蜜不假思索揚起了下顎：「Try Me!」

阿哈努鼓了一下腮幫子，眼珠子轉了一圈：「這麼說吧，我可以聞得出一個人的情緒或性格，一件物體所散發的意念，甚至是一起事件所釋放出的氛圍！也就是說大多數的人事物對我來說，都有其獨特的氣味。」

星野和貝拉蜜頓時停下手邊的動作，還不約而同互看了對方幾秒。

「我就說你們不會相信吧！」

貝拉蜜的湯匙還停留在下巴旁，馬上點了點頭又搖搖頭，示意他繼續講下去。

「星野，你散發的是一種沸水煮芋頭的味道，聞起來濃郁卻帶著點男性體液的性暗示氣味。以我過往的經驗，有這種氣息的男子大多是未婚，甚至經歷過好幾次暗戀或沒有結果的感情。這類男子過於充沛的精力無可發洩，通常會將注意力全神貫注在更宏大的目標與未來，成為不願再去觸碰男女之情的獨身主義。」

星野被他那麼一說，結結巴巴完全不知道該如何反駁，因為阿哈努所言幾乎字字屬實！不過，他那些在大學時代或民航公司任職時期的暗戀或感情挫折，既不曾讓任何人知道，也沒有八卦媒體報導過，那麼這位來自舒斯瓦普族的年輕藥師又是從何而知？

「貝拉蜜，妳身上有著兩種味道，而且這兩種氣味隨著妳的思緒一直在變換，甚至有一種互不相讓的衝突感。第一種是類似蘋果肉桂的香味，對我來說那是代表家庭與節慶的氣息，妳是個非常渴望家庭的傳統女子，但是妳想要的那個家庭目前卻遙不可及……」

阿哈努將頭探到她耳邊，壓低了聲音說：「妳最近愛上的……是不是別人的丈夫？」

「藥師，你不要開玩笑了，哪有那回事……」貝拉蜜的表情出奇冷靜，但是她的心臟卻像蹦上了咽喉，話就那麼卡在喉嚨裡說不出口。

「另一種則是炭火焚燒乳香與沒藥時的味道，感覺上還帶著點宗教儀式的氣息，很明顯那是一種懷念與追思的香味，而且有些許死亡的傷感。我猜想，妳心中一直無法放下某位已經過世的親人吧？」

貝拉蜜原本鎮定的眼神忽然迷濛了起來，然後不自覺緩緩點了點頭。

她怎麼可能忘得了那個懷胎九個月所生下的兒子？那個她未婚生子一手拉拔大的八歲男孩。在那個風雨交加的夜晚，他騎著腳踏車偷偷溜出了保姆的住所，只為了想見到她這位終日埋首於實驗室裡的母親，卻在路上被一輛酒駕超速的飛車撞斃。

她這輩子怎麼可能放得下？又怎麼可能會原諒自己？在追思儀式中，當神父甩著鍍金的圓球提爐[35]，在他小小的棺木旁不斷用乳香與沒藥行奉香禮時，她的整顆心都碎了，那些鋒利的碎片至今仍在她胸口裡，不斷不斷地刺著，隱隱作痛。

貝拉蜜回過神來，深呼吸了一口氣：「你說的都沒有錯，我現在相信你的能力了！但是，可不可以不要再聞下去了？這種赤裸裸的感覺並不是很好。」她很勉強擠出了一個笑容，畢竟打從開始就是她自己挑起這個話題的。

「我也希望自己嗅不到那些千奇百怪的氣息，但是就算我戴上多麼高科技的口罩，許多莫名的味道還是揮之不去。我想那些氣味應該是來自我的大腦，而不是真的存在這個空間裡。」

阿哈努緩緩傾過身將臉湊到他們旁邊，然後輕聲地說：「就像我也不想聞到剛剛那位穿實驗室白袍的女子，她身上有一股濃濃的腐臭魚腥味，那種氣味通常暗示著……縱慾過度！」

他們倆瞠著眼珠子，用手摀住了嘴巴好一陣子，不過還是憋不住氣笑了出來。

星野不經意盯著阿哈努略為鷹勾的鼻子，好奇地追問：「所以，你就是運用這種特殊的能力，嗅到了電玩App市場的未來商機，才會成為日進斗金的億萬富翁？」

阿哈努俏皮地擠了一下右眼，露出那種慣有的孩子笑容：「沒那麼神奇啦！我的嗅覺就算能嗅出業界的動向，也無法遙控消費者們掏出鈔票給我呀！」

35. 爐（Thurible），在某些天主教派的儀式中，奉香時所使用的鍍金圓球容器，聊表對造物主崇敬的心意。

他指了指自己的腦袋：「最重要的，還是要靠『這裡』！」

貝拉蜜和星野本來只覺得這位藥師的頭銜與經歷很傳奇，整個人也帶著一種嚴重的衝突感，卻沒想到他竟然還是個可以靠嗅覺或味覺洞悉人性的怪胎？

他們雖然對這位年輕的藥師另眼相看，可是自此之後每每站在他身旁時，總還是會不由自主地雙手抱胸，將腋下夾得緊緊……深怕再被他嗅出什麼奇怪的氣味。

第三章

UTC世界協調時間，二〇一七年九月七日。

美國紐約州，紐約市「時代華納中心[36]」五樓。

偌大的綜合廳院會場內，各色人種的來賓坐滿在弧形的觀眾席，前方的舞台上則有一對男女端坐在兩張紅色沙發裡，悠閒地天南地北聊著。

舞台的背景是挑高三層樓的落地玻璃帷幕，從那裡望出去剛好可以看到「哥倫布圓環[37]」，那尊克里斯多福・哥倫布的雕像，正英姿煥發地佇立在高高的圓柱上，後方則是中央公園的西側入口。

綜合廳院的天花板上還懸吊著兩幅圖文並茂的長條帆布海報，上面印著幾個巨

36. 時代華納中心（Time Warner Center）。
37. 哥倫布圓環（Columbus Circle）。

大的英文字「My Days in The Atmosphere」，海報上是一位穿著橙色太空服的英挺男子，照片旁邊則有一行副標寫著「前太空人『阿尼・勘斯瓦』新書發表會」。

這是阿尼繼兩天前於洛杉磯的發表會後，在美國的第二場公開露面。其實他的這本著作並不算是新書，去年中旬就已經在歐洲出版了法文版、德文版與瑞典語版，自從登上了歐洲暢銷書自傳類排行榜後，美國書商才取得版權發行英文版。

阿尼目前除了是瑞典皇家理工學院的教授，這兩年來也開始將自己被甄選進入歐洲太空總署的心路歷程，以及在環球太空站上半年多的生活經驗，寫成了這本名為「我在大氣層的日子」的著作。

女主持人捧著那本厚重的書，依照會前已經討論過的講稿繼續向阿尼提問：「許多讀者肯定都對你在環球太空站上的生活非常好奇！勘斯瓦教授可不可以告訴我們，太空人們在那座漂浮的太空站上，每天到底都有哪些工作項目？」

阿尼咳了一聲清了清嗓子，才用他那種將每個字的重音放在字尾的瑞典腔英語說：「我們在太空站上所採用的是UTC世界協調時間，早晨大約是6:00起床，通常一直活動到21:30左右才會回自己的寢層休息。每天起床後就從洗漱、吃早點、檢查郵件、瀏覽當日的工作指令……開始，然後和任務控制總部的指令通訊員開早會。」

他停頓了一下，好像在腦中過濾哪些話題可以提出來侃侃而談。

「那幾個任務控制總部包括來自美方的休士頓與亨茨維爾、俄方的莫斯科，以及每位組員所屬的不同太空機構。所有相關的指令通訊部門每日都會派送新指令，或者與我們搭配完成某些任務。大多數的組員會將那將指令列印出來，因為那就是每個人當日的待辦工作進度。」

「原來太空人的生活這麼規律？聽起來和軍事生活差不多嘛！」女主持人問。

「當然，有時候某些特殊的任務時也需要日夜顛倒，譬如交班的俄羅斯太空船登站前後，或是日本的無人貨運飛船抵達時，我們都需要協助對接任務，以及將器材與補給物品搬運至太空站。其實，在那種封閉的加壓空間待久了，有時還是會覺得枯燥與乏味……」

那一場新書發表會持續了一個多小時，阿尼也應主持人要求朗讀了書中的幾個章節，最後也不可免俗有作者簽書的活動。阿尼坐在出版社為他準備的那張長桌前，為排隊的現場讀者一一簽名與寒暄，期間也接受了幾位報章記者的拍照和訪問。

在簽書活動進行時，他內心不時浮起一種奇妙的感覺，彷彿在人群中一直有一雙眼睛狠狠地盯著他。每當他低下頭為每一本書的內頁簽名時，眼睛的餘光總覺得人潮擁擠的隊伍裡，好像有一張熟悉的面孔摻雜其中。可是當他抬起頭環視著現場時，卻又沒有發現任何他所熟識的人。

那一場新書發表會與簽名活動結束時，已經是下午六點多了。他與出版社的幾位主管、責編及翻譯們，就在時代華納中心四樓的Per Se法國餐廳用餐。那場吃得有點拘謹的飯局結束後，一行人將他送回下榻酒店時，已經快晚上十點了。

他回到那間格局一房兩廳的行政套房後，馬上將穿了一整天的領帶和外套往沙發上一丟，然後從小吧台裡倒了半杯威士忌。當他正準備打開電視、倒臥在沙發時，卻突然發現黑暗的角落裡，好像有人影。

「是誰！」他的心臟揪了一下，馬上往門的方向退了幾步。

那個人靜止般地坐在遠處角落的書桌前，沒多久才轉亮書桌上那盞維多利亞風格的檯燈，然後緩緩起身從陰影裡走了出來。

阿尼看清楚他的長相後，臉上頓時露出驚訝的表情，嗓音還有些沙啞地喃著：

「伊果……這怎麼可能？」

不過幾秒之後，他才馬上回過神：「不……你是伊果的兒子……維特．托夫斯基！你怎麼可以隨便潛進別人的房間！」他的語氣從剛才的驚恐轉為憤怒，還馬上轉身走到電話旁準備撥打內線到前台，卻發現聽筒裡根本沒有聲音。

維特順勢拎起了書桌上那兩條被拆下來的電話線，在手中揚了兩下，才低聲地說：「我和我父親一樣都是學機械的，你認為那種卡片鎖難得倒我嗎？怪只能怪這家五星級酒店的保全系統太差勁了。」

「你到底想要幹嘛？我和你根本……素未謀面！」阿尼刻意甩開了臉沒有正視他。因為當他看到眼前的維特，還是會聯想起在伊菲克力斯號裡慘死的伊果，他們父子倆的確長得太相像了。

維特紋風不動地站在那裡，然後才嘆了一口氣，語調緩和地說：「這幾年，我寫過那麼多封電子郵件給你，你卻一直不當成一回事，而你唯一回覆的那封信裡，完全迴避了我之前所有的提問。我想你可能是擔心信件會被哪個單位監看，所以乾脆就親自找上門和你面對面談一談。」

這四個月以來，維特在美國過著隱名埋姓的流亡生活，現在的他看起來面容憔悴，原本俐落的短髮如今也快蓋到雙耳，消瘦的臉頰上更多了些刮不淨的鬍碴子。

「我不懂你在說什麼！我迴避了什麼問題？你信中提到，我在環球太空站時是否目睹過什麼詭異的事件，既然根本就沒有發生過，我為什麼需要說什麼呢？」阿尼的話說得有點惱羞成怒。

維特從他書桌上的一落新書中抽出了一本，然後翻到了其中的某一章：「你書中寫到，『在環球太空站的那六個多月，我們經歷了許多奇特的體驗，也遇過一些無法解釋的現象，有些事情我甚至至今依然想不透……』。你所指的無法解釋的現象是什麼？為什麼後面卻又隻字未提？你們這幾位倖存的組員到底在隱瞞什麼？難道那些事情和三位罹難組員沒有關係嗎？」

阿尼的眼睛頓時睜得老大，握在手中的威士忌酒杯也因為顫抖，而發出了冰塊碰撞的細微聲響：「沒關係……和你父親的死完全沒有關係！」

「你不是已經卸任歐洲太空總署的職務了，還有什麼事情不能說？阿姆斯壯和艾德林都說出當年阿波羅十一號登陸月球時，見到一些發光物體的奇異景象。那麼，你又為什麼需要幫歐洲太空總署隱瞞些什麼呢？」

「你在胡說些什麼，那跟歐洲太空總署扯不上邊！」

「那麼……是俄羅斯聯邦太空局？」

阿尼面無表情，並沒有搭理他的問話。

維特這才壓低聲音，一個字一個字唸道：「所以是美。國。太。空。總。署？」

只見阿尼一口就將杯中的威士忌飲盡，然後轉過身到小吧台裡又倒了半杯。

「果然是和美方有關係！」

「我什麼都沒有說，隨你自己怎麼去猜！」阿尼幾乎是喊了出來。

維特等了好幾秒，才將心中那個疑問說了出來：「你是不是也見過那些『如天使般發光的外星人』？」

只見阿尼眼神充滿疑惑，回過頭反問：「那是什麼東西？聽都沒聽過！」

「我從我父親給我的最後一封電子郵件裡，解譯出一段非常奇怪的文字。我懷疑在禮炮七號上發生過的那些事情，或許也曾經出現在環球太空站，而且我父親極有可能目睹到那些異象。」

「外星人？我不記得他有跟我們提過那類的事情，我也從來沒見過什麼『如天使般發光的外星人』。」阿尼忽然停頓了一下：「發光？不過田原好像跟我提過和發光有關的事情！」

「和你同一梯次的田原孝介？」維特問。

「對，我們登上環球太空站一個月後，田原就開始抱怨偶爾會有耳鳴的情況，不過休士頓的醫療小組透過遠端診療，卻沒有發現任何異狀。他一直百思不解，有一次還非常肯定的告訴我，他聽到的是某種類似低頻率的樂聲，並不是什麼耳鳴。」

「樂聲？」

阿尼或許是喝了兩杯威士忌後，酒精開始讓他的情緒比較緩和了些。

「我和他還因此檢查過站上的一些裝置或儀器，確定是否是機械異常運轉所發出的雜音，可是並沒有發現任何異狀。最奇怪的是，我壓根子沒聽過他所說的那種聲音，後來還開玩笑地調侃，他聽到的或許是古代迷惑海上船員的『美人魚歌聲』。」

維特眉頭深鎖努力思索著：「他是在特定的區域才會聽到，還是不一定？」

「如果我沒記錯，大部分應該是在太空站的西面吧？他還曾經提過，有一次除了有低頻的樂聲，他還看到一些奇怪的光線快速閃過。」

「奇怪的樂聲和光線？這就是你書中提到無法解釋的現象？」

阿尼點了點頭，然後又倒了第三杯威士忌：「我還說服田原，那應該只是微重力加壓環境的適應問題，因為他的那種情況後來也沒再發生了。」

「你還記得是什麼時候停止的？」維特問。

「大概是……二〇一〇年初起就沒聽他抱怨了。」

維特趁他幾杯黃湯下肚變得輕飄飄時，馬上從夾克口袋掏出一張摺得皺巴巴的紙頭：「那麼，你是否看得懂這裡面所隱藏的含意？」他將那張紙遞給了阿尼。

「天之子，地之童……這是什麼呀？」阿尼才讀了兩句就抬起頭問。

「豪威爾博士在環球太空站時，所留給女兒的一首詩。我猜想這裡面或許隱喻了什麼，他才會要女兒牢牢記下。」

「什麼？你連布萊恩的女兒都見過了？」阿尼斜眼看了他半秒，才又繼續低頭讀著紙頭上的詩句。

其實，自從維特與布瑤在西雅圖會晤後，他就再也不敢與布瑤聯絡或見面了，他擔心自己那次貿然脫逃的行動，會不小心將布瑤捲進一場無法預期的漩渦裡。

那天他離開咖啡廳後，回到那台租來的休旅車時，卻意識到車子好像被人潛入過，因為他發現放在後車廂的幾個背包被翻過。雖然他隨行攜帶的物品一件也沒有少，不過背包裡的資料夾顯然全都被翻看過，他甚至懷疑有些文件可能還被翻拍了。

維特那才驚覺，難道他從一開始脫逃，就早已被相關人員盯上了？並且還一路尾隨他來到西雅圖？如果他們早已鎖定他的車號了，那麼肯定也知道他和誰見過面。這樣他不就間接將布瑤牽連進自己的叛逃事件！

他只好一不作二不休，將那台休旅車遺棄在西雅圖市區，從此改搭乘大眾交通工具，更決定不能去赴兩天後的那個約會。雖然他換了一個郵件信箱，也避免與布瑤再有任何書信往來，不過在關閉舊信箱前還是看到了布瑤的那兩封信，尤其是那封夾帶布萊恩詩句的郵件。

往後兩個月，維特離開了華盛頓州搭上往東岸的火車，每天過著杯弓蛇影的日子，深怕自己的行跡再次敗露。當他從網上得知阿尼將從瑞典飛到美國，在洛杉磯和紐約舉辦新書發表會時，他的內心又再度燃起了希望。因為阿尼是當年太空站上還活著的三位關鍵者之一，而且也是目睹布萊恩有沒有搭上死亡太空船的目擊者。

他肯定對那些謎團略知一二！

「在惡魔左手之關節，希望的星芒將顯現……」阿尼重複唸著那幾段詩句，看著那張紙頭沉思了很久，然後才不耐煩地說：「你到底在追查什麼？又憑什麼認為我肯定知道些什麼呢？」

維特眼神堅定地瞅著他：「你至少知道一部分！」

「你在說什麼跟什麼？」

「當然是伊菲克力斯號的爆炸內幕！」

阿尼的表情突然僵住：「哪有什麼內幕？當初調查的結果不就是『彈道式重返大氣層』所造成的意外！」

「那麼豪威爾博士，到底有沒有與我父親及雅各一起登上伊菲克力斯號？他的女兒說，在他返航前的一個星期就已經音訊全無，當時到底發生了什麼事情？」

「我無法告訴你什麼，但是布萊恩的確有登上伊菲克力斯號。」

維特絲毫沒有放棄的念頭，又繼續追問：「我猜想你就是當時在對接艙內幫他們拍合照的人，但是那張照片上為什麼也是獨漏了豪威爾博士？他先是失聯然後又沒有登機的影像，換作任何人都會和我一樣質疑吧？」

「我說他有在上面就有在上面！是我幫著他們一起將布萊恩搬進太空船的！」

阿尼的話突然打了住，原本緩和的對話氣氛又再度被打亂了。

他馬上轉身走到房門前準備送客，口中還不斷喃著：「請原諒我不能說……不能再說下去了！我與他們約定……不能說出來！至少不是現在……」

維特睜著無法置信的眼睛：「你和誰約定過？和誰約定過！」

阿尼對他的問話充耳不聞，只是將那張印著詩句的紙頭還給了維特，還盯著維特的眼睛慎重地說：「這首詩……如果你想知道誰是天之子與地之童，那麼就去查查希臘神話中『底比斯[38]』最美麗的女人吧……我能說的就這麼多了！」

他迅速地打開了房門，使勁將維特推了出去後，就砰一聲將門給關上，房內還隱約傳來他用椅子抵住門把的聲響。最後，只留下維特一個人滿臉疑惑地杵在走廊上。

阿尼幫著他們一起將布萊恩搬上太空船？為什麼是用搬的？難道布萊恩在返航前就已經死亡了？他們這些還活著的組員到底是和誰有約定？那些問號不斷盤旋在他的腦海中。

他回過身用力拍打著阿尼的房門，可是房內卻沒有再發出任何聲音。

＊

維特離開阿尼下榻的酒店後，便回到位於布魯克林[39]的臨時居所。

那晚，他本來還計畫在網路上搜尋阿尼所提到的「底比斯」最美麗的女人，看看能否從中理出什麼頭緒。不過他試著打了好幾次關鍵字，卻怎麼也查不到相關的結果。因為，他根本就不知道那個希臘名稱的正確拼法！

他有點失望地倒在床上，仰望著那間廉價公寓泛黃的天花板，上面充滿了一塊塊大大小小的水漬。就像他腦中那些七零八落的線索，卻怎麼也湊不出拼圖的任何一角。

他翻過身抓了床頭櫃上的一本橫格紙，開始將這些日子所收集到的片段列了出來，希望能夠從中理出一些頭緒——

◈（伊果）最後一封郵件的密文裡「如天使般發光的外星人」

38. 底比斯（Thebes），位於希臘中部皮奧夏地區（Boeotia）。
39. 布魯克林（Brooklyn），亦稱「布碌侖」，位於紐約市曼哈頓東南部，是該市五大區中人口最多的一區。

◆（田原）太空站西面的低頻樂聲與一閃而過的光線
◆（田原）二〇一〇年起就沒有再聽到或看到那些現象
◆（布萊恩）返航前一星期與家人失聯
◆（布萊恩）沒有出現在登機前的合照中
◆（布萊恩）寄給女兒一首詩要她牢記起來
◆（阿尼）他與伊果及雅各將布萊恩搬進伊菲克力斯號
◆（阿尼）提示欲解開詩謎，要先瞭解「底比斯」最美麗的女人

田原所見到的光線，是否和伊果所提到的「如天使般發光的外星人」相同？布萊恩從二〇一〇年一月一日起與家人失聯一個星期，田原也是從二〇一〇年初就沒再聽見樂聲或看見閃過的光線，這個時間點是否有什麼一致性？

假如布萊恩是病危或死亡了，被另外三位組員搬上了返航的太空船內，那麼為什麼美國太空總署在伊菲克力斯號失事的前後，都沒有向布萊恩的妻女回報？他們為什麼要對家屬隱瞞太空站組員的重症或傷亡？

難道與阿尼、田原和尤里有約定的「他們」，會是美國太空總署？可是那三位

組員分屬於歐洲太空總署、日本宇宙航空研究開發機構和俄羅斯聯邦太空局，又何必為美方隱瞞些什麼呢？

維特本來是想將這些線索畫成一張樹狀關係圖，卻怎麼也無法端倪出它們之間的起承轉合，或是可直接與間接相連結的共通點。他索性將那本橫格紙丟在一旁，拉上了被單倒頭大睡。

第二天早上，他跑了一趟「布魯克林公共圖書館」，想直接向服務台的館員求教。他腦中回想著昨晚阿尼的發音，有點吃力地複誦給櫃台內的那位中年女子聽。對方跟著他重複唸了兩次，彷彿是在聽音辨字，手指還不斷在鍵盤上敲了好幾下。

中年女子喃喃自語，試著將維特的發音變換語調及重音位置：「底比斯……最美麗的女人？底比斯的……咦？是Thebes的Alcmene吧！」她恍然大悟喊了出來。

「沒錯沒錯！好像就是這樣發音，可不可以順便將拼法抄給我。」

那位熱心的中年女子一邊在便條紙上寫著，一邊道：「你走樓梯上三樓後右轉，就可以看到『人文史地』區了，然後找到第48號走廊的『西洋哲學』，裡面G

和H的書架全都是有關希臘與羅馬時期的書籍。應該有好幾套希臘神話的圖鑑或故事集，幾乎每一本都有介紹底比斯最美麗的女人——『阿爾克墨涅[40]』啦！」

維特接過紙條道了謝之後，馬上衝向三樓找到了第48號的走廊，在那兩座書架上的確排滿了幾十本關於古希臘神話的書籍。他順手抽出來四、五本，捧到旁邊的公共長桌上一一翻看。沒多久，他就找到記載底比斯和阿爾克墨涅的章節——

「底比斯」位於希臘中部的皮奧夏地區，最早被稱為「馬克西尼城」。西元前三七一年，底比斯人打敗了當時的統治霸主「斯巴達」，從此躍身為希臘最強大的城邦。它於西元前四世紀達到最顛峰時期，最後卻被亞歷山大大帝所毀滅。

「阿爾克墨涅」為底比斯國王「安菲特律翁」之妻。古希臘的詩人曾描述過，阿爾克墨涅不但是世界上最美麗的女人，她的智慧與聰穎也高於所有的凡人，還是個能為夫婿帶來幸運與榮耀的女子。

底比斯國王在與阿爾克墨涅成婚之前，曾帶領軍隊遠征參與一連串的作戰。當他帶著征戰勝利的榮耀，正返回底比斯迎娶阿爾克墨涅的前一晚，天神宙斯卻化身為安菲特律翁的模樣，誘騙了阿爾克墨涅與祂行房……

維特非常仔細地讀著書中的一字一句，深怕錯過了與布萊恩那首詩有關聯的字眼，但卻仍未發現任何可疑的蛛絲馬跡。不過當他繼續讀下去之後，眼睛開始越睜越大，因為他終於找到詩句中的「天之子」與「地之童」了！

阿爾克墨涅成為底比斯國王的妻子後，順利產下了一對雙胞胎，一位就是天神宙斯與她的兒子，另一位則是安菲特律翁與她的兒子。雖然他們是來自同一個母體的兄弟，但是卻分屬於不同的父親。

天之子，繼承了宙斯的神奇力量，不僅具有非凡的實力、勇氣、智慧和技能，長大後也協助過諸神戰勝了強大的巨人族。地之童，則遺傳了底比斯國王驍勇善戰的天性，不但參與過卡呂東狩獵之戰，也是雅典娜女神的巨船英雄之一。

當維特唸出那對雙胞胎的名字時，身上的寒毛全都豎了起來。因為，他總算

40. **阿爾克墨涅**（Alcmene）。

確定布萊恩所寫的那一首詩，絕對和環球太空站有關係，而且也解開了天之子與地之童的真面目。

第四章

UTC世界協調時間，二〇一八年四月九日。

哈薩克共和國卡拉干達州，拜科努爾太空發射場。

天空出奇的藍，黃沙滾滾的灌叢草原上，只有乾黃的矮樹與枯草堆稀稀落落鋪向遠方的地平線。原本工程車出出入入的發射場，此時已經完全淨空，方圓千米內沒有一個人，只有遠處高聳的珀耳修斯號佇立在發射台上。

它修長的外型是以灰白為底色，中段部位有兩圈深灰與銘黃的環狀色塊，最下方則漆上了鮮豔的金紅色。珀耳修斯號由上往下分別是軌道部件艙、返航艙與服務艙，底部兩側是可以分離的固態助推火箭[41]。

41. 固態助推火箭（Solid Rocket Booster）。

當太空船升空兩分鐘後，固態助推火箭通常就會脫離主體，八分鐘後外部燃料槽也會在大氣層中脫離，只留下前面的三節部件艙繼續繞行於地球軌道，並且等待與環球太空站會合及對接。

星野與貝拉蜜腳步蹣跚走出了發射台上的電梯，他們身後是同樣穿著厚重太空服的阿哈努，他一邊走一邊朝著遠處的看台揮手，走進座艙前還不忘比了個大拇指手勢。剛才接受電視記者採訪時，阿哈努還一派輕鬆天南地北，不過現在臉上的表情卻嚴肅了許多，看來他還是掩不住內心的緊張情緒。

他煞有其事地喃喃自語：「我看到我祖母了！她就站在看台最上面那排，一直在跟我揮手，身後還坐著兩位拍著獸皮鼓的白臉戰士……」

「真的假的？她不是已經過世了嗎？」貝拉蜜半信半疑，將身子退了兩步往外面偷瞄：「沒有呀？」

「當然是假的，我只是想化解一下這種緊張氣氛罷了！」

貝拉蜜狠狠瞄了他一眼：「只有你在緊張吧？你是想打退堂鼓了嗎？」

「當然不是，我花了那麼多金錢與時間到星城接受訓練，怎麼可能會在最後關頭輕言放棄！」

星野拍了拍他的肩膀，眼神認真地說：「那就好，你待會只要在後面閉目養神，醒來後我們應該就已經在軌道上了！」

珀耳修斯號艙內非常狹窄，兩位太空人坐在面對控制面板的前排，隨行的太空遊客則位於後方。由於他們都穿著厚重的太空服，因此星野與貝拉蜜的手套上都掛著一根像指揮棒的金屬桿子，用來操作儀表板上的按鍵。

他們等待了大約一個多小時，發射台的外部燃料槽才注油完畢。星野熟練地用金屬棒按著密密麻麻的按鈕，開始測試尾翼、主引擎以及與升空相關的儀器。貝拉蜜則握著一本厚厚的手冊，正與地勤人員進行檢測回報。當一切前置作業準備就緒後，他們兩人才總算停下手邊的動作，靜候著發射控制中心的指令。

「微笑藥師，你在後面坐得還舒適吧？」星野雖然無法在狹窄的空間內轉身，不過還是禮貌性地偏過頭問了一句。

「沒問題！只不過心臟好像越跳越快，我到現在仍然無法相信，從小到大所期待的太空之旅，現在竟然即將要發生了！」

貝拉蜜也跟著搭腔：「剛剛地勤人員也要我轉告，請你務必放鬆心情、調整呼吸，你身心監視器上的指數稍嫌亢奮了些喔。你放心，星野的升空與對接技術絕對是頂尖，他可是被俄羅斯聯邦太空局認可，少數幾位能夠獨當一面的外籍太空人呢！這就是為什麼此次任務中並沒有俄羅斯組員隨行的原因。」

星野被讚美得有點難為情，馬上謙虛地說：「這次也算是護送微笑藥師上太空，所以我更會全力以赴、使命必達啦！請放心！」

就在一切準備就緒後，幾位發射台工作人員探了頭進來，檢查了艙內的信號無誤後，便緩緩關上了小小的圓形艙門，還面帶微笑用俄腔法語向他們喊了一聲「Bon Voyage!」。

艙內才終於鴉雀無聲，剛才發射台上的機械運轉聲、遠處人群的歡呼聲，此時全都被密封的艙門給隔絕了。

「進入發射前倒數三十秒，發射台水閘全開，啟動抑音系統[42]……」玻璃頭罩內的擴音器傳來地勤人員的聲音。

沒多久，只見珀耳修斯號兩旁的巨大承架迅速往兩旁撤下，發射台底部也如水庫泄洪般不斷噴出巨大的水柱。

「主引擎啟動，引擎動力開始提升，進入80%……100%……」星野一面用金屬桿按著前方的幾個按鈕，一面複誦著每一個步驟。

地勤人員繼續以俄語唸著：「十五……十二、十一、十、九、八、七、六、五、四、三、二、一，發射！」

「固態助推火箭點火……主引擎動力104.5%……」星野與貝拉蜜各自監視著控制面板，不斷唸著儀表板上各種繁複的數據。

珀耳修斯號底部與發射台下方在一陣巨響之後，頓時噴發出黃色的烈焰，就在太空船離地的那一瞬間，原本固定底部的四根巨型金屬爪也應聲解脫。

陽光中閃著耀眼光芒的珀耳修斯號，在濃煙與烈焰的伴隨中緩緩升空，推進器上的四道黃光正垂直朝著天際劃去，然後離地面越來越遠。

拜科努爾太空發射場遠方的看台，傳來參觀群眾興奮的歡呼聲，發射控制中心內好幾位地勤人員也情緒激動地用俄語喊著：「珀耳修斯號離地成功！準備進入航道修正與MAX Q階段[43]！」

太空船內劇烈搖晃著，星野的表情卻出奇平靜，氣定神閒的鎮靜態度，簡直就

42. 抑音系統（Sound Suppression System）。
43. MAX Q 階段（Max Quicken Up），最大加速度階段。

像在駕駛汽車而已，而且每一次需要切換飛行狀態時，他依然是那麼有恃無恐。阿哈努突然又聞到那種沸水煮芋頭的氣味，不過他已經漸漸習慣星野專注時，所散發出的那種特殊氣息。

星野不斷回報著太空船主引擎的動力狀態：「開始修正尾翼方向、調整航道……已鎖定正確航道！進入MAX Q階段！主引擎動力降為72%……通過MAX Q階段！主引擎動力回復104.5%……」

俄羅斯的地勤人員也持續播報著升空期間的所有數據，提供給艙內的太空人以及監看中的幾個太空聯盟機構：「升空後30秒，目前時速1800公里，艙內壓力一切正常……升空後2分15秒，固態助推火箭脫離，目前時速4200公里，艙內壓力一切正常……」

狹小的空間裡重複著那種單調而規律的語音，讓坐在後方的「閒雜人等」阿哈努，突然有一種想打哈欠的感覺。他環視艙牆上那幾具小型攝影鏡頭，要是他就那麼肆無忌憚的張開大口，肯定馬上就轉播到各國太空機構的監視畫面上，搞不好還會成為明天報紙科普版上的搞笑頭條。

太空船升空的速度高達兩馬赫，相當於音速的六倍！還好經過大約八、九分鐘後，珀耳修斯號就進入軌道，而以25馬赫的軌道速度繞行著地球。

當一切的震動與巨響全都停止後，他們才終於能脫下沉重的太空服和頭盔，換穿俄羅斯官方提供的藍色連身制服與布絨靴，然後爬到太空船的服務艙節睡覺或用餐，也正式進入四十多小時的環繞與等候。

大約兩日後，他們總算才與環球太空站交會，完成了軌道上的對接任務，也就是將珀耳修斯號懸吊在阿爾戈功能艙的後方，也終於能透過對接艙一個個爬進太空站內。

環球太空站的編制滿員為六人，因此都是採「以三換三」的方式交接，也就是說當三位新的太空人登站後，就會有三位資深太空人得以返航，他們通常會在兩日內搭乘另一艘太空船返回地球。

但是這一次的情況例外，因為登站的組員只有貝拉蜜與星野，隨行的太空遊客阿哈努只會在站上停留十天，所以這次是採「以二換二」的交班方式，兩位資深的返航組員將會在十天之後，才與阿哈努一同搭乘另一艘太空船返回地球。

因此，阿哈努這趟太空之旅期間，環球太空站上的人數共有八位組員與一位遊客。這九位來自不同國家的人員分別為——

◆美籍組員：艾登・庫珀、藍斯・史密斯與貝拉蜜・羅賓森

◆俄籍組員：瓦西里・伊萬諾夫、尼古拉・利夫希茨

◆加籍組員：柯瑞・麥考利

◆日籍組員：星野天彥

◆巴籍組員：拉斐爾・桑托斯

◆加籍太空遊客：阿哈努・索西

每次有交班組員登站時，就是太空站上最歡樂的時光，除了是因為人多熱鬧，太空船的抵達也運來了許多補給物資與太空食物，甚至是來自家人們的卡片或包裹。

雖然現今太空站上的組員，已經可以運用衛星網路與地球上的親友視訊或互通信息，不過收到家人們的親筆信或禮物時，依然能為他們規律與乏味的太空生活，增添了一些激勵與動力。

美國太空總署、俄羅斯聯邦太空局與太空站上的組員們，在阿哈努登站後就為

他舉辦了一場歡迎會。美加兩地的電視網也透過衛星連線，訪問了這位年輕富商搭乘太空船的心得，以及初次登上環球太空站的感想。

即時畫面上的阿哈努出奇興奮，連珠炮似地說了一長串：「……為了這一趟昂貴的太空之旅，我可是拋下了手邊的工作，乖乖待在莫斯科的星城接受了整整八個月的訓練。除了那些基本的微重力漂浮、無重力太空漫步、高速離心力訓練……我之前還不知道需要學習俄語耶！

「我的俄語女教官看我學得不是挺賣力，還說我可以不學呀！不過等到要在太空中緊急逃生時，我肯定看不懂太空船儀表板上的那些文字，就連使用手冊也都是俄文呀……那我豈不是會變成一具太空浮屍了！」

阿哈努透過衛星轉播說得口沫橫飛，另一頭的幾位新聞主播早已笑得合不攏嘴。其中一位女主播接著又問：「觀眾們都知道你是來自加拿大舒斯瓦普族的原住民，聽說還保有部落所傳承給你的藥師位階。我們都很好奇，身為一位部落裡的傳統藥師，你是從什麼時候開始有太空之旅的夢想？」

阿哈努身旁的一位組員試著將另一具無線麥克風傳給他，只見在微重力的艙房內，那只麥克風竟是以一種慢動作的速度，緩緩漂浮到阿哈努的手中。

他抓到麥克風後，馬上又是一陣快人快語：「我已經稱不上是傳統的原住民了，我想地球上應該沒有多少位印地安酋長或藥師，轉行在搞電玩產業吧？其實我對太空的迷思是來自我的祖母，她是一位可以從天象預知局勢的老藥師，不過……也不是每次都那麼靈驗啦！」

他順勢看了一眼天花板還吐了一下舌頭，像是在向老祖母的亡靈作鬼臉。

「她曾經告訴我，宇宙中的每一顆星星都有其存在的道理，銀河裡每一個星座的運行也皆有其原因，我們不該自以為是的認為，在這浩瀚天體中上億上兆的星子裡，只有我們這顆星球存有生物，我們並沒有那麼偉大！就是受了她的影響，我從小就對太空充滿了幻想與期待……」

阿哈努說故事的能力非常了得，一下子就將這次的太空之旅扯到了老藥師、祖靈或星象占卜，為這場原本很科普的訪談帶來了一些神祕氛圍。

其實，他並沒有說出他此行真正的目的，否則根本不可能通過俄羅斯聯邦太空局鉅細靡遺的身家調查，而登上這一座令他疑惑已久的「神祕太空站」！

那一場與地球同步連線的歡迎會，除了迎接他這位花錢金援俄羅斯航太計畫的金主。美國太空總署也正式宣布資深美籍組員艾登，將升任為站內的輪任指揮官。

站內的組員們更提前歡送俄籍組員瓦西里，與巴籍組員拉斐爾的返航，也就是十天後將與阿哈努一起返回地球的那兩位資深組員。

在太空站的歡迎會裡，多金又闊氣的阿哈努，除了提供一道道米其林三星級的美食珍饈，還特地開了一箱加拿大原住民酒莊「Nk'Mip Cellars Winery」的得獎白比諾[44]，與每一位太空人分享。他花了美金三千多萬元的太空之旅，不但處處得到俄羅斯聯邦太空局的特殊禮遇，更無形中幫那幾位米其林廚師與酒莊，在太空站上打了一場免費的活廣告。

不過接下來的日子裡，這位年輕的富商將搖身變成一位實境節目的攝影師，他的頭上將會裝上一具GoPro多功能攝影機，把他在太空站上的點點滴滴拍攝下來，透過旗下程式設計師為他編寫的Ａｐｐ，即時轉播給地球上所有的觀眾們看。

屆時，使用者們只需打開手機或平板電腦，就可觀賞到遠在地表300多公里之上，環球太空站內的一景一物！

44. 白比諾酒（Pinot Blanc）。

*

UTC世界協調時間，二〇一八年四月十二日。

環球太空站，西面艙房。

經過第一晚的休息後，阿哈努一行人正式展開了在太空站上的生活。清晨，艾登親自領著他們三位進行了一次太空站的導覽，從節點艙、服務艙、功能艙、起居艙、後勤艙，到微重力實驗艙、迷你研究艙、穹頂艙、氣密艙、機械手臂……全都參觀了一趟，也大致介紹了站內的醫療、餐飲與生命保障系統的位置。

阿哈努雖然接受過好幾個月的微重力漂浮訓練，不過這種24小時都要以漂浮代替行走的生活型態，對他來說依然是蠻新鮮的體驗。只不過他仍需適應用手撐著牆壁往前划的力道，因為他好幾次都因使力過度，一個不小心就擦撞到前面的貝拉蜜或星野。

「這個穹頂艙是歐洲太空總署所建造的觀測台部件，舷窗外右前方就是你們所搭乘的珀耳修斯號，它後面那艘則是伊菲克力斯系列的太空船。喔，艙壁上這些控制面板是用來操控站外的加拿大機械手臂，而朝永實驗艙外也有另一具日本機械手臂。它們的任務就是協助太空站外各種對接任務，以及抓取每個航次的無人貨運飛船……」

艾登浮在穹頂艙門外，一邊講解一邊讓他們三個人輪流進入艙內，畢竟這個長得像玻璃罩的小艙房就只有兩立方米大小，一次也只能容納一個人。阿哈努頭戴著GoPro刻意環視了艙內一圈，順勢就將雙腳勾在壁上的固定桿，自顧自地欣賞著舷窗外地球的景色。

此時的它，就像一顆蒙著白色面紗的湛藍色寶石，朦朧的海洋與山脈彷彿正緩緩地呼吸著，很難想像在如此平靜的表象之下，卻充滿著人與人之間的勾心鬥角，和國與國之間的你爭我奪。

「這裡應該是整座太空站視野最廣的艙房吧！艾登有沒有在這裡見過外星人或幽浮呀？」阿哈努打趣地說著，還故作輕鬆狀伸了個懶腰。

艾登先是愣了半秒，然後才大笑了出來：「你真是愛開玩笑，不過我還真沒見過呢！」

阿哈努揚了一下眉頭，順手將頭上的多功能攝影機按下暫停鍵：「咦？難道你們都沒有聽過『如天使般發光的外星人』嗎？」

艾登這才反應過來：「喔，你說的是當年在禮炮七號太空站上的謠傳啦，環球太空站倒是還沒發生過那種事。」

「是嗎？」阿哈努並沒有繼續問下去，不過表情卻若有所思，沒多久才又按下GoPro的攝影按鈕，繼續進行著太空站之旅的即時轉播。

他們隨後也參觀了阿爾戈功能艙，艾登帶著他們爬進一個狹長的通道後，才正式進入屬於俄羅斯的功能艙。兩位俄籍組員瓦西里和尼古拉正在維護設備，禮貌式的和他們揮了揮手，又低下頭忙著手邊的工作。

艾登像個導覽人員般仔細解說著：「這個功能艙是整座太空站第一個升空的部件，也是站上唯一屬於俄羅斯所建造的艙房。在六大太空聯盟機構的合作下，多年來又陸續發射與對接了更多不同用途的艙房，才造就了如今環球太空站的規模……」

阿爾戈功能艙所建造的時間比較久遠，因此許多設備與控制儀顯然比其他艙房舊式，就連用餐區的托盤也是使用第二代的內置加熱型托盤。

而珀耳修斯號與伊菲克力斯號太空船，就懸掛在這個功能艙後段的對接艙下方。返航的組員就是從對接艙狹窄的圓形艙口，爬入太空船頂層的軌道部件艙，才能進入第二層的返航艙，執行返回地球的飛行任務。

阿哈努對艙口上那兩扇鍋狀的門非常熟悉，還刻意將頭上的GoPro靠近拍攝了許久，然後喃喃自語地向正在觀賞轉播的太空迷們說明。

「大家可別小看這兩個小鍋子，它們其實是太空船最頂端那個尖尖圓圓的部分，也就是說太空船是以它的『鼻尖』來和太空站進行連接的！當兩方主體對接成功之後，太空人們就是打開這兩扇對接核與頂罩，從太空船頂端爬到對接艙進入環球太空站！」

畢竟，並不是很多觀眾瞭解他們常掛在口中的「對接任務」是怎麼一回事，阿哈努剛好透過這種現場轉播的機會，三不五時將一些航太知識傳達給地球上的太空迷們。

雖然環球太空站的加壓空間就只有八百多立方米，不過在艾登鉅細靡遺的解說下，這一趟太空站之旅也花了將近兩個多小時才結束。當導覽告一段落後，阿哈努先回到了起居艙，在自己的寢層裡稍事休息，也順便用站內的制式筆電和遠在地球的辦公室交換訊息，確認剛才拍攝的畫面全都即時傳到影音串流伺服器了。

沒多久，貝拉蜜和星野也回到起居艙。他們剛剛結束與FCR 1控制室的視訊，星野看起來有點垂頭喪氣：「休士頓的醫療小組透過遠端診療，發現我自從登上太空站之後，血壓狀況就不是很穩定，還說如果再這樣持續下去，就需要藥物控制或者提前返航……」

「沒有那麼嚴重啦！你不要聽他們嚇唬人，搞不好過幾天你結束了適應期，就會完全恢復正常。」貝拉蜜不以為然拍了拍星野的肩膀。

阿哈努想了幾秒，歪著頭看了看星野：「你……對草藥沒有抗拒吧？」

「草藥？應該還好吧？我以前也試過中國人的藥膳，效果還不錯！」

阿哈努二話不說從寢層爬了出來，划到擺放太空食物的艙房。沒多久就拎著一包真空壓縮包回來，裡面裝滿了乾燥的橢圓形枯葉。

「這是我們舒斯瓦普族很常見的一種草藥，是生長在淺水沼澤區『拉布拉多樹[45]』的葉子所晒乾的，因此我們也叫它『沼澤茶[46]』。我時常將它當成茶葉泡來喝，原住民的藥學書上有記載，沼澤茶可以平衡體質、降低血壓、膽固醇和血糖，甚至能夠預防糖尿病……」

阿哈努連話都還沒有說完，星野早已一手將真空包搶了過來：「反正只是一些樹葉而已，為了完美的健康檢查報告，我在所不惜了！」

貝拉蜜和阿哈努都笑了出來。

「微笑藥師，你們今天提到的『如天使般發光的外星人』，到底是怎麼一回事呀？」貝拉蜜邊說邊彎下腰，將手扶在自己的寢層邊緣平衡重心。

阿哈努和她的寢層只隔著一個過道，而星野的則是在過道的天花板上。因此從視覺上看來，此時的星野就像是上下顛倒懸在自己的寢層邊。

在微重力空間裡，並沒有所謂上下左右之分，太空人無論是站著或倒立著入睡，腦部都不會有地心引力所帶來的不適。因此起居艙走廊的左右牆面、天花板與地板夾層，都藏著這種小小的休息空間。

寢層的空間大約只比浴缸稍微大一些，除了可擺放組員的私人用品與睡袋之外，通常也有制式的電腦配備，讓他們休息時也可窩在裡面上網或寫電子郵件。當每個寢層的白色帆布門都關上後，外觀上也看不出這節艙房上下左右的玄機。

45. 拉布拉多樹（Labrador Plant）。
46. 沼澤茶（Swamp Tea）。

聽到貝拉蜜的疑問，星野也好奇地說：「對呀，我聽你的口氣……好像認為這裡也發生過那類的事件？」

阿哈努回過頭檢查丟在一旁的GoPro，確定那台攝影機是關機後，又探出頭望了望過道的左右。才低聲回答：「我的確是那麼認為，因為我曾經在網上閱讀到一些詭異的傳聞。」

「網路上的謠言你也相信！」貝拉蜜有點不以為然。

「假如我告訴妳，那是環球太空站某任指揮官的親人所言，妳會不會覺得比較有可信度？」

貝拉蜜頓了一下：「那也不一定，還要看對方是怎麼樣的人。」

「二〇〇九年第15梯次的俄籍太空人伊果・托夫斯基的兒子維特・托夫斯基。」

星野的身子突然在空中翻了個大跟斗，然後緩緩從天花板的寢層降了下來，就蹲在阿哈努和貝拉蜜之間的過道。

「維特・托夫斯基？我知道這個人呀！他是俄羅斯知名的太空工程學博士，也是一位天才型的航太工程師，年紀輕輕就參與過多項太空船的設計與建構。不過……這陣子好像沒有再聽過他的消息了？」

「原來他就是那位指揮官的兒子？」貝拉蜜吁了一口氣。她當然也聽聞過伊菲克力斯號爆炸案中，那三位殉職的太空人。

阿哈努點了點頭：「一年前，維特赴休士頓參加美國太空總署的階段性技術研討會，在那之後就突然人間蒸發沒有返回俄羅斯。不過往後的幾個月，他卻陸續在好幾本北美的航太雜誌與論壇上發表文章……」

星野這才恍然大悟：「原來他是滯留在美國？難怪俄羅斯聯邦太空局從此未再提及他！」

阿哈努將腦袋湊得更近，三個人幾乎像是要臉貼臉的距離，才語氣神祕地說：「其中最令人矚目的一篇文章，就是關於『如天使般發光的外星人』！他聲稱伊果在返航前所寄給他的加密郵件中，曾經提到那個奇怪的名詞，並且告知日後會與他分享。他本來也以為自己父親所提的是禮炮七號上那些流言，可是自從伊果一行人在返航途中喪生後，他越來越覺得整件事情肯定有什麼蹊蹺。」

「怎麼說？」

「假如伊果所提的只是禮炮七號上的那些異象，那幾乎是許多太空迷們都聽過的傳聞，他又何必慎重其事告訴自己的兒子『日後會跟他分享』？除非，他所說的另有所指！譬如……」

「譬如，他在環球太空站上也見過『如天使般發光的外星人』？」貝拉蜜不假思索接了他的話。

他們三個人頓時屏息凝神了十多秒，甚至不由自主環視著整個起居艙。

星野拍了一下額頭：「所以，你之前提到是因為藥師祖母的一番話，讓你從小就對太空充滿了幻想與期待，根本就是個幌子？『如天使般發光的外星人』才是你此行的目的！」

阿哈努思索了幾秒，才勉為其難地說：「可以這麼說，不過光是維特的那一篇文章還不構成我對環球太空站的好奇心，還有其他的原因……」

他突然停了下來，閉上雙眼深深吸了一口氣，然後又緩緩吐了出來。

「怎麼了？」阿哈努這突如其來的舉動，讓貝拉蜜和星野都有點納悶。

「妳現在帶著點香莢蘭的氣息，他則是鞣生革的味道，這兩種氣味應該都還算值得信任吧！」

貝拉蜜馬上意會到他在幹什麼，下意識皺了皺眉將雙手懷抱在胸口，還把胳肢窩夾得老緊。

阿哈努彷彿像確認了什麼，這才繼續說下去：「你們應該也猜得出來，為了滿足個人的好奇心，我曾經派人透過許多管道尋找維特，不過卻完全沒有什麼眉目。有人說他可能早就被俄羅斯的間諜暗殺了，也有人認為他應該是被美國官方軟禁起來，以確保不會再被挖出更多的內幕消息。」

「什麼內幕消息？」

「沒有人知道，我只是推斷而已。不過在尋找維特的過程，我派出去的人卻查到了另外一條線索，也就是他曾經拜訪過另一位前太空人的親屬……布萊恩・豪威爾的女兒布瑤・豪威爾！」

貝拉蜜幾乎快喊了出來，不過又馬上摀住了嘴：「布萊恩・豪威爾，那位物理博士？他也是伊菲克力斯號的三位罹難者之一呀！」也許是同為美籍物理學家，因此貝拉蜜對布萊恩也有所耳聞。

阿哈努接著說：「我曾經在西雅圖和布瑤祕密會晤過，也證實了維特的確和她見過面。」

「因此，你知道他們當時談了些什麼？」星野低聲喃著。

「布瑤告訴我，維特詢問了一些她與父親當年的通信內容，以及遇難前是否有任何不尋常的跡象。她雖然不確定維特的用意何在，不過還是答應回去翻一翻當年的日記本，畢竟那已經是快八年前的往事了。但是，當她帶著日記本重回約定的地點見面時，維特根本沒有出現，而且也完全沒再連絡她。」

「這麼說那位維特真的是生死未卜？我相信布瑤肯定在日記本裡發現了什麼，然後全都告訴你了，不是嗎？不然你也不會親自造訪這個太空站。」

冰雪聰明的貝拉蜜說得拐彎抹角，當然還是想知道阿哈努此行真正的目的。

阿哈努笑了出來：「妳這個充滿香莢蘭味道的女人喲！好吧，那麼我也就不瞞你們了！我的確是有了一些線索，但是也幾乎算是沒有線索，這就是我必須親自上來一趟的原因。」

星野和貝拉蜜聽得有點迷糊，但還是耐著性子聽他娓娓道來。

「布瑤說，在布萊恩返航前夕，曾經在電子郵件裡寫過一首奇怪的詩，並且要她記在腦海裡，因為有一天將會有人看得懂。那首短詩的標題叫做『顫音』……」

阿哈努憑著記憶，將那首英文詩唸了出來，感覺上他應該花了些時間研究其中的隱喻。

「天之子，
地之童，
來自同母體的雙子，
重聚於七重天之下。

天之子，
垂睫，
凝望著遠方的子民。

地之童，
回首，
顧盼於毀滅的低吟。

在惡魔左手之關節，
希望的星芒將顯現。」

「這真的是那位物理博士寫的詩？怎麼字句裡盡是天地神魔？」星野瞇著眼面帶疑惑。

貝拉蜜卻有點不以為然：「怎麼樣，你認為我們物理學者的腦袋都應該是硬邦邦的，沒有宗教信仰或不相信鬼神嗎？偏見喔！」

星野有點招架不住，馬上舉手求饒：「我哪敢呀，只是提出疑問而已……」

貝拉蜜複誦了那幾節詩句，還順手抄在隨身的小本子上：「聽藥師背誦得如此溜口，肯定對這首詩的一字一詞推敲了許久，難道還沒有任何頭緒嗎？」

「所以我剛剛才會說雖然有線索，但是也幾乎算沒有線索，因為我無法解開這些線索裡所隱藏的含意。」

「你真的認為這首詩有什麼暗碼或寓意嗎？我是說，難道不可能只是單純的一首詩，一首父親送給女兒的詩詞而已？」星野對文字的敏銳度並不是很高，因此很難想像這年頭還會有人如此古典，寫出這種充滿隱喻性的詩詞。

貝拉蜜倒是持不同的想法：「這首詩的字裡行間充滿了陰鬱與負面，我不認為是布萊恩寫給女兒的詩。假如這真的只是一首單純的詩詞，那麼他又何必提到……有一天將會有人看得懂？這些文字肯定代表了什麼意義。」

阿哈努嘆了一口氣：「我也曾想過這是一段所謂的密文，肯定可以用某些破譯法解讀出明文。不過，我透過電腦將這首詩套進現代的區塊加密法、串流加密法，或是早期的密碼盤、表格法、多圓柱及轉輪機，甚至是經典的換位暗號法、替代暗號法與多字元加密法……各類破密術來分析，卻完全讀取不出任何有意義的隻字片語。」

「那麼說，這可能並不是什麼經過精心編碼的密文，而是一篇充滿暗示字眼的明文，必須從字面上去斟酌關聯性！」貝拉蜜幾乎很肯定自己的推斷，語氣中甚至帶著點興奮。

阿哈努閉上眼睛，手指頭抵著下巴思索著：「這裡面的幾個主要關鍵字有天之子、地之童、母體、七重天、遠方的子民、毀滅的低吟、惡魔左手之關節、希望的星芒。妳認為它們可能分別代表了不同的人事物？」

貝拉蜜點了點頭：「非常有可能！既然布萊恩是在環球太空站的任務期寫下這首詩，那麼我們應該將關聯範圍縮小到這個太空站。提到天之子與地之童時，你們會聯想到什麼？」

「在太空上的我們，以及在地球上的人類？」星野喃喃自語，語氣有點不太肯定。

阿哈努搖了搖頭：「詩裡面所使用的Son與Child都是單數，並不是複數。因此天之子與地之童應該是指兩個人，前者又肯定是男性，後者則或男或女。如果是來自於同一個母體，也許是指他們之間有著血緣關係？」

貝拉蜜沉默了好幾秒：「當年這個太空站的六位組員裡，應該沒有兄弟檔或兄妹檔吧？」

「如果我之前收集的資料沒有錯，從二〇〇九年至二〇一〇年布萊恩駐站的那個時間點，環球太空站上的組員分別來自第15梯、第17梯和第18梯，包括：俄籍的伊果・托夫斯基和尤里・安東諾夫；美籍的布萊恩・豪威爾和雅各・湯普森；瑞典籍的阿尼・勘斯瓦；日籍的田原孝介。那幾位組員並沒有血緣關係，至少在登記的資料上並沒有。」

星野聽完阿哈努背完那麼一長串人名，竟然露出一種敬畏的眼神看著他。阿哈努卻訕笑地說：「這沒什麼，我為了這一次的太空旅行做了很多功課！」

「我們也不能排除這些組員裡，除了日籍的田原之外，其他組員中或許某兩位有著不為人知的血源關係？」貝拉蜜眼神認真地說著。

「妳是指同母異父，或者從小就被不同家庭領養的兩個孩子，來對應後面所提到的『來自同母體的雙子』？」

貝拉蜜緩緩點了點頭。

星野有點納悶地問：「為什麼天之子與地之童一定是兩個人？難道他們不可能是兩件物體、兩種作業系統、兩個應用程式，或是……兩顆行星？」

阿哈努與貝拉蜜同時頓了一下，雖然星野說得有點無厘頭，不過卻讓他們意識到自己的迷思，只是一味將天之子與地之童定位為人類。如果他們真的是當年駐站的兩位太空人，那麼又怎麼會有天神之子（Son of the Celestial），以及地球之童（Child of the Earth）的區別呢？

星野接著又說：「我還有一個疑問，這兩位天之子與地之童，難道和『如天使般發光的外星人』有關聯嗎？我有點糊塗了，這座太空站上竟然出現過天之子、惡魔或天使？這聽起來還真的鑾像《聖經》裡的故事。」

阿哈努大聲笑了出來，然後才壓低聲音說：「我目前還不敢確定，但是我覺得它們應該是有些前因後果。畢竟在二〇一〇年初的太空站上，竟然有那麼多光怪陸離的蛛絲馬跡，可是往後的八年裡卻又完全消聲匿跡，你們不覺得事有蹊蹺嗎？」

正當貝拉蜜與星野還在思索時，起居艙的擴音器傳來艾登的呼叫聲，請他們兩位即刻到服務艙會合。

「好了，我們晚點再聊吧！」貝拉蜜的話都還沒說完便雙腳一蹬，優雅地漂向通道出口。不過從她的表情看來，應該仍在思考著剛才的那些話題。

星野則是用力過猛，一個踉蹌差一點就撞上艙頂，但還是不忘回過頭向阿哈努道謝：「你的那包沼澤茶，我待會馬上就泡來喝！先謝謝囉！」

阿哈努忽然想到什麼，馬上喊了他們倆一聲，然後迅速將食指比在雙唇上，示意他們要保守祕密。貝拉蜜和星野很有默契地點了點頭，然後才漂出了起居艙。

他會心一笑。畢竟這艙房內那麼濃烈的香莢蘭與鞣生革的味道，他確定這兩個人絕對是那種會守口如瓶的人！

因為，他的藥師祖母在世時，也時常會散發出這種令人信任與依賴的氣味。

第五章

ＵＴＣ世界協調時間，二〇一七年十二月十一日。

日本茨城縣，筑波宇宙中心。

廣場上那艘H-II火箭依然靜靜躺在水泥架上，那些與它同系列的火箭曾經完成許多日本衛星的升空任務，如今只剩下這艘除役後的測試模具，被安放在這座代表日本航太科技先驅的園區裡。

隔著偌大的停車場外，是一棟玻璃帷幕與混凝土外觀的白色大廈，樓頂右上角鑄著一只巨大的藍色標誌，上面寫著「ＪＡＸＡ」四個大大的英文字，字母裡還隱藏著一顆張揚的五角藍星。

這裡就是「日本宇宙航空研究開發機構」的總部。它除了是日本指令通訊員與環球太空站聯繫的任務控制中心所在，亦是培育過許多優秀太空人的訓練基地之一。園區內也有部分區域開放給學校與觀光團，讓遊客們可以體驗太空訓練課程，或是穿上太空服模擬微重力空間中的任務。

田原孝介的辦公室就位於那棟白色建築物裡，從他的落地窗剛好可以眺望樓下的H-II火箭。他的辦公桌擺設得簡單俐落，除了桌面上有一張全家福，旁邊還掛著一幅「宇宙飛行士」毛利衛的海報。海報上的毛利衛臉上堆滿了笑容，身穿一套深藍色的太空人連身制服，手中還捧著一艘白色的太空梭模型。海報的右下角則有他瀟灑揮毫的親筆簽名。

毛利衛一直以來都是田原的偶像，要不是當年他在STS-47太空任務中的表現，啟蒙了許多二十歲出頭的日本年輕人，田原也不會燃起對外太空的熱情，進而成為登上環球太空站的少數日籍組員。

自從田原結束了二〇一〇年的太空任務後，就回到日本宇宙航空研究開發機構任職。他目前在筑波宇宙中心的主要職務，就是為二〇二〇年日本的「登月計畫」培訓太空人候補員。他負責訓練一批具有航太機械專長的候補員，這些學員結束兩年的太空人基礎訓練後，就是屆時登月計畫中的主要工程人才，必須在二〇三〇年之前完成日本「月面基地」的建構任務。

此時的田原坐在辦公桌前，表情凝重地盯著手中的平板電腦，螢幕上是一封英文的電子郵件，字裡行間充滿著許多問號。他的目光雖然停留在信件上，眼神卻若有所思放空著。

這已經是維特寫給他的第六封信了，這七年來他幾乎每年都會收到一封，信件的內容也多是大同小異。田原一向以來都是冷處理，就當作從來沒有收過那些信，他心想與其擔心什麼能說？什麼不能說？那麼還不如什麼都不回應來得保險些。

不過，維特三個月前寄來的這封郵件，在內容上顯然和前幾年完全不同。他開門見山告知目前人在美國，並且也與幾位相關人士見過面，因此在信中對田原的質問也比以往更為具體。

親愛的田原先生，你好：

在我準備打這封信之前曾想過，你或許會和以往一樣不予回覆，但我還是決定要寫下這封郵件。

我相信你應該都有收到我過往的信，也絕對閱讀過我每一次的提問。我瞭解你或許有難言之隱，無法給我任何回應，但是我依然期待有一天，你會回信幫助我。

我目前已經離開俄羅斯，在美國停留了四個多月。這段期間我見過阿尼・勘斯瓦與布萊恩・豪威爾的家人，也從他們口中得知了更多訊息，讓我更瞭解當年伊菲克力斯號返航前種種疑點。

我只是想請問，你曾經在環球太空站上所聽到的那種低頻聲，到底是類似什麼樣的聲音？那種不尋常的光線又是什麼樣子？我只是想確定，那些現象是否與我父親所提及的『如天使般發光的外星人』有所關聯。我父親是否也曾跟你提起過，他所見到的一些異象？

請原諒我的一再叨擾，但是那些令我疑惑的種種，或許攸關著當年返航組員們罹難的前因後果，也是我們這些殉職者的家屬們所希望知悉的實情。

我期待在不久的將來，你也能敞開心門讓我瞭解你所知道的那一面真相。

Regards,

維特・托夫斯基，2017/09/10

這三個月以來，田原不時打開這封電子郵件，不斷地自問是否應該回信給維特？他每每重讀一次，都會被拉回過往的那些記憶片段中，就像是倒帶的膠捲不停閃進腦海。然而，他的心中也有許多疑問，那麼又能給維特什麼幫助呢？

田原很難忘掉在太空站上所聽過的那種聲音，那是一種類似低音大提琴的急促擦音，可是頻率卻又遠遠低於任何弦樂器，甚至有一種令人耳膜微震的刺痛感。他從小聽力就特別敏銳，能夠聽到許多常人所無法感覺到的音頻，可是卻從來沒有聽過這種循環又規律的低頻，彷彿一直在重複著某兩個小節的旋律。

大部分的人對音頻的聽覺範圍約為20Hz至20000Hz，他不敢確定那種樂聲是否為低於20Hz的聲波，但是應該也不相上下了。畢竟時常和他一起執行勤務的阿尼，就對他所聽到的音頻完全無感，有時還會語帶諷刺地嘲笑他兩句。

田原或許是經歷過其他組員的不以為然，開始不再向任何人提起那種低頻音，尤其是從伊果手中接下了輪任指揮官的職務後，更不願意去危言聳聽。他唯一能做到的，就是盡量避免到西面的那些艙房，除了是因為那裡偶爾會有刺耳的低頻聲，他也曾經在那裡見過無法解釋的景象。

他不敢確定是否該將自己的所見歸類為外星人或靈異現象，但是他確實看過一股淡淡的橙色光團，迅速從後勤艙通道穿牆而入，再從走廊上方穿牆而出。雖然只有短短的一、兩秒，可是他非常確定有一團光線從他眼前飛快掠過。

田原是從維特的幾封郵件中才得知，原來伊果也曾目睹過類似的現象？只是他從未意識到，那種光團有可能與禮炮七號上曾出現的「如天使般發光的外星人」有關！

不過，在布萊恩的密室命案發生後，那些詭異的音頻與橙色光線就再也沒有出現過。要不是維特如此鍥而不捨的追根究底，田原也不會將當年的一些異象與太空站上的密室命案，或是伊菲克力斯號的失事聯想在一起。

難道那些音頻與光線真是來自發光的天使？抑或是某種與人類不同型態的生命體，從地球軌道穿牆潛入環球太空站，殺害了布萊恩？

田原之所以一再考慮是否該回信給維特，是因為最近那種音頻與光線竟然又出現在他眼前。當然，並非是在微重力加壓空間的太空站上，而是在日本宇宙航空研究開發機構的「種子島宇宙中心[47]」裡！

兩個星期前，田原與幾位教官帶著一批太空人候補員，遠赴九州外海的種子島見習，那裡被喻為是全世界最美麗的火箭發射場。現場工程人員除了介紹島上「吉信發射台」與「大崎發射台」的運作過程，也帶領學員參觀了登月火箭組裝廠房、火箭追蹤測控中心及光學觀測設施，還有日後將會在月面基地上使用到的一些新設備。

這些設備中有一組裝置，卻令田原產生了極大震撼。

「這是德國『夫朗和斐協會[48]』所研發的新一代電磁脈衝[49]防禦裝置，它將可以杜絕日後太陽黑子的磁暴，或是小行星之間的撞擊所產生的帶電粒子電流，直接衝擊『月面基地』的危機，避免整個基地在通訊、電腦、線路與電力上的癱瘓。」

那位解說的工程師有著一雙丹鳳眼和薄唇，站在一組不怎麼起眼的裝置旁。那是一具看起來像是無線組件的黑盒子，而架設在一旁的巨型腳架上則有四座天線，另外還有一台外觀像電腦的資料分析儀。

他繼續說著：「當然，這項裝置現階段並不能阻絕電磁脈衝對電子設備所造成的傷害，但是卻能提前偵測到電磁脈衝的磁波強度、頻率與位置。因此，基地內的組員在有預警的情況之下，可以迅速斷絕運作中的電子設備，以降低電子資料的損

47. 種子島宇宙中心（Tanegashima Space Center）- 為日本最具規模的宇宙航空研究中心和太空發射中心。
48. 夫朗和斐協會（Fraunhofer Society）- 歐洲最大的應用科學研究機構。
49. 電磁脈衝（Electromagnetic-Pulse / EMP）。

毀，甚至是全面性的癱瘓。」

「你所提到的電磁脈衝，是否也包括核式或非核式的ＥＭＰ武器，所產生的非自然電磁脈衝呢？」發問的是一位長得稚氣的太空人候補員。

「是的，透過這四座涵蓋區域各為90度的天線，將可以360度的範圍偵測到『各種』類型的電磁輻射。這一具黑色的盒子是用來辨識電磁脈衝起始與結束的『高頻率模式』，資料傳到另一台分析儀後，將會運算出電磁脈衝的來源點與持續長度。如此就可辨別出是來自太陽黑子磁暴、行星撞擊或閃電所產生的自然ＥＭＰ，還是來自核爆、核式或非核式的ＥＭＰ彈。」

那些學員對電磁脈衝武器充滿了好奇，畢竟現代人的生活過度仰賴於電子產品，無論是個人使用的電腦、手機與網路；或是企業普遍配有的伺服器、區域網路與雲端系統；乃至各國軍事單位的電子輻射設備或電力動能武器[50]……全都禁不起這種強烈電磁脈衝的衝擊，便可在一瞬間完全被癱瘓。

「日後有機會登上月球的組員們，都會接觸到這類型的防禦裝置！我現在就為各位示範它的操作與運用方式。請各位暫時先退到實驗室外，我們將會啟動另一台『電磁脈衝模擬器』來做實測。雖然電磁脈衝並不會對人體造成傷害，但是滯留在非安全距離之內，你們身上的手機或電子產品還是會短路或損毀。」

幾位工程人員領著教官與學員們離開了那間實驗室，然後在走廊上隔著玻璃觀看裡面的動靜。實驗室內有一座約一米長的圓柱體被緩緩吊在空中，兩位工程人員則在旁邊的儀表板作了些調整後，便快步離開了實驗室。

「這是一款微量的電磁脈衝模擬器，可以針對小型且單一的目標，投以方向性的電磁脈衝干擾。那麼我們就來看看夫朗和斐的那款防禦裝置，是否可以偵測到模擬器的電磁脈衝……」丹鳳眼的工程師向旁邊的同事比了個手勢後，對方就按下了觸控螢幕上的啟動鈕。

不過，就在那台模擬器啟動的同時，田原的耳朵卻突然聽到一些細碎的聲音，雖然並不是那麼清晰，但是依然可以辨別出是一種規律的低頻音，而且還不斷地重複循環著。

他的心跳頓時加快，彷彿許多年前的那場夢魇又悄然回來了。因為那種低頻聲

50. 電力動能武器（Electromagnetic Weapons）。

與當年在環球太空站上，宛如低音大提琴的急促擦音如出一轍！只不過並不是那麼的清晰與刺耳。

他回過頭環視了身旁的學員，每個人都專注凝視著實驗室內的動靜，並沒有任何人像他那樣露出疑惑的表情。

「啊……有閃光！那是正常的現象嗎？」幾位學生喊了出來，然後紛紛交頭接耳。

丹鳳眼的工程師表情鎮定，繼續講解著：「電磁脈衝是短暫瞬變的電磁現象，是一種以空間輻射傳播出去的能量。無論是太陽黑子的磁暴，或是地球上的閃電及靜電所造成的電磁輻射，它們的原理都是一致的，只不過是所產生的能量有大小區別而已……」

田原也看到那一道快速的閃光，瞬間從模擬器的機殼竄了出來，光線籠罩著整個模擬器。雖然只有短短的一秒鐘，可是淡淡的橙色光暈依然殘留在他的視網膜上。

他的雙眼瞪得老大，雙唇也不由自主地開著，彷彿腦中頓時颳起了一陣颶風，過往所有的記憶片段全都被捲了起來，然後一張張打在他的臉上。

「這一台非核式的模擬器，可以模擬在高海拔下核爆的效果，雖然並不會出現磨菇雲或核爆塵，但是依然可放射出電磁脈衝，造成電子設備失靈或損毀。這一款模擬器在運作時會產生熱量和衝擊波，因此有時才會出現剛剛那種閃光或光團。」

在電腦前的另一位工程師接著說：「螢幕上的畫面就是夫朗和斐防禦裝置的分析圖，上面的警示視窗就是剛才模擬器所放射的電磁脈衝數據，與EMP類型的判別……」

杵在一旁的田原什麼話也聽不見了，他的思緒就像重組中的硬碟，正一格一格將記憶排列到正確的磁區。

他不斷反覆地問自己，難道他在環球太空站上所聽過的低頻聲、所見過一閃而過的光團，或是伊果提到的「如天使般發光的外星人」，全都是這種電磁脈衝裝置運作時的效應？

但是，他在太空站上所聽到的低頻，比剛才的頻率刺耳太多太多了，是否也代表當時的電磁脈衝能量，遠比這具模擬器更為強烈千百倍？

假如那些現象全是電磁脈衝裝置所造成的，為什麼太空站上的電子設備並沒有短路或損壞？除非，那也是一具能針對單一目標物，投射方向性電磁脈衝的設備？

為什麼環球太空站上會有如此的東西？

這和伊菲克力斯號的失事沒有關係嗎？到底是誰想要置伊果、雅各或布萊恩於死地？難道當年在環球太空站上有那麼一位組員，除了在微重力密室謀殺了布萊恩，還使用了一具私藏的電磁脈衝裝置，干擾了返航中的太空船，而造成所謂「彈道式重返大氣層」的爆炸假象？

除了田原自己之外，還活著的組員就只剩下阿尼．勘斯瓦和尤里．安東諾夫，那麼他們之中到底誰會是那位兇手？

當初，他們三個人答應美國太空總署，要隱瞞那件密室命案的出發點，只是不希望造成世人的恐慌，或影響了六大太空聯盟機構的長遠聲譽，才會簽下那一紙保密條款。

但是，如果那紙約定的背後所窩藏的，不僅僅是那位兇手和無辜的死者，還包括了一具有殺傷力的裝置與伊菲克力斯號失事的真相。那麼他不覺得自己有義務，繼續去隱瞞那個可能會危害到更多人的祕密！

田原打直了腰將椅子滑到自己的辦公桌前，順勢將手中的平板電腦插在桌面鍵盤上，然後對著維特的那封信點了「回覆」鈕，就開始在鍵盤上飛快地打著字。

他知道那將會是一封很長的回信。

＊

ＵＴＣ世界協調時間，二〇一八年四月十日。

美國紐約州，布魯克林。

維特在貝德福德站[51]下了地鐵Ｌ線後，便快步走向狹窄的樓梯回到路面上。他刻意壓低頭上的貝雷帽，豎起了薄夾克的領子，低著頭轉進了第七街北段，一邊走還一邊回了好幾次頭，看起來有些形色倉皇。他在地鐵站附近繞了好幾圈，直到確定沒有可疑人物之後，才放心走進了自己的公寓樓。

自從維特在西雅圖發現有不明人士潛入他的車內，翻看他的隨身行李與文件後，他在美國的生活就一直過得非常低調。他不敢確定那些追查他的人到底是誰，美國的ＣＩＡ？或是俄羅斯的ＳＶＲ？這十多個月以來他並沒有再發現任何異狀，

51. 貝德福德站（Bedford Avenue Station）。

直到上個星期才又覺得自己被跟蹤了。

這陣子，他時常在不同的場所見到某位相同的男子，雖然對方每次出現時都會刻意偽裝，可是維特一眼就可認出他與眾不同的酒糟鼻。維特自認已經將自己的外貌徹頭徹尾完全改變了，除了戴上如書呆子般的寬邊眼鏡，還留了滿臉的落腮鬍，就連在租屋時所登記的資料，也都是使用之前在網上購買的偽造身分。

為什麼還會有人追蹤到他？

維特走進自己的房間前，習慣性的環視了公寓走廊，然後才打開門迅速鑽進去。他不敢確定這種偷偷摸摸的生活還要過多久，但是只要那起太空船的意外沒有水落石出之前，他絕對不允許自己被任何官方單位逮到，或是被遣返回俄羅斯。

他目前手邊已經掌握到布瑤、阿尼和田原所提供的線索，尤其是田原寫給他的那封信裡，所提到的電磁脈衝裝置更是讓他非常振奮。他倒是沒有料想到在太空站上的那些音頻、光線或「如天使般發光的外星人」，有可能是某種裝置啟動時所發生的現象。

他查過美國軍事單位所公開過的一些資料影片，「白沙飛彈靶場[52]」目前所使用的新一代電磁脈衝模擬器，已經進步到完全無聲光了！因此，八年前在環球太空站上所產生的那種光線或光團的現象，顯然是前一代的裝置。而且，它絕對不會是什麼單純的模擬器，可能還是一具擁有強大功率的電磁脈衝武器！

環球太空站上不同的部件、主架、桁架或艙房，大多由不同的太空聯盟機構所組裝完成，然後再以俄羅斯的太空船運載到軌道上，一次次與太空站上的其他艙房對接，才有如今這種空中樓閣的規模。

這些部件包括俄方的阿爾戈功能艙、太空船對接艙；美方的費曼實驗艙、施溫格實驗艙[53]與三個後勤艙；日方的朝永實驗艙與機械手臂；歐洲的穹頂艙與多座迷你研究艙；加拿大的機械手臂與平移台；巴西的節點艙與太陽能發電桁架……還有許多分工組裝的小型艙房。

那麼到底是哪個國家的太空聯盟機構，將這種可以干擾飛彈或飛行器，甚至是癱瘓任何一座城市電子設備的電磁脈衝武器，偷偷運上了太空站？是美國太空總

52. 白沙飛彈靶場（White Sands Missile Range）位於美國新墨西哥州，該飛彈靶場面積大約 8287 平方公里，為美國最大軍事設施。
53. 施溫格實驗艙，作者虛構的實驗艙之一。是以美國理論物理學家、諾貝爾物理學獎得主「朱利安・施溫格（Julian Schwinger）」命名的實驗艙。

署？抑或是俄羅斯聯邦太空局？

他握著一支紅色的白板筆，站在客廳牆上的那兩片白板前，聚精會神檢視著上面寫得密密麻麻的俄文和英文，不斷思索著每一條線索之間的關連性。這些日子，他不時在白板上塗塗抹抹，想將每一條訊息環環相扣連在一起，有時他也會推翻先前的種種推斷，然後又寫下更多的大膽假設。

維特的心中非常清楚，與其在這裡悶著頭紙上談兵，他更需要的是——親自登上環球太空站！才有可能將手邊的所有推測實際套用在太空站上。如此，那些相隔天地之遙的拼圖，才能完整拼湊出一幅真相。

但是，他又怎麼可能輕易就登上遠在大氣圈熱層的環球太空站？難道，他費盡心思所收集到的所有線索，就該如此變成胎死腹中的懸案？

就在維特陷入沉思的當下，他的房門突然傳來了敲門聲。

那三下敲門聲聽起來非常細微，甚至可以說敲得非常禮貌。維特全身的神經頓時緊繃，完全不知道該怎麼辦。他搬進來這麼多個月，從來不會主動和鄰居們打招呼，就連最基本的問候與寒暄也完全避免。因為，他不願意讓外人聽出他濃濃的俄腔英語，而被多事的鄰居追問下去。

房門上又再響起幾下敲門聲，這次比剛才又稍微大聲了些。

他有點猶豫走到了門邊，皺著眉想了一想後，才終於緩緩開了一點門縫，露出了一隻眼睛往外瞧，不過門上的絞鏈依然是扣著。

「托夫斯基先生……」

維特還沒等門外的人說完話，馬上反射動作就將門用力關了上，然後迅速上了兩道鎖，再用身體抵住了門板。

因為門外的人，就是那位酒糟鼻男子！

正當他還抵著門，考慮是否該將白板上的文字全部擦掉，再從陽台跳下樓逃走時，門外又傳來那位男子的聲音。他的話說得非常小聲，感覺上就像是靠在門縫上呢喃。

「我不是CＩA派來的，請你絕對放心……我只是需要你的一些協助……」對方顯然瞭解維特到底在顧慮什麼，開門見山就先澄清了自己的身分。

幾秒鐘後，只見門縫裡悄悄塞進了一張紙片。維特愣了一下伸手取了下來。那是一張設計得非常特殊的霧金色名片，名片左上角鏤空處還嵌著一枚雷射印刷的透明頭像。他讀了上面印刷的文字後，原本深鎖的眉頭漸漸舒展了開，還馬上轉過身脫下絞鏈、解開了兩道鎖，將房門開得大大的。

那位穿得西裝筆挺的酒糟鼻男子，非常恭敬地站在門外，露出了一種燦爛的微笑，然後緩緩伸出右手用力握了握維特的手。

他身上彷彿也散發著一股維特等待已久的光芒。

第六章

UTC世界協調時間，二〇一八年四月十二日。

環球太空站，費曼實驗艙。

今天是貝拉蜜正式在實驗艙裡工作的第一天，大部分的時間都是在瞭解如何操作設備，以及閱覽前幾梯次的美國物理學家，所留下來的實驗數據與報告。

當她的工作告一個段落後，才發現自己已經在裡面待了將近九個小時。她隨之離開了實驗艙划回自己的寢層，沒多久換上一套比較輕便的運動服後，就到二號節點艙開始了她的運動排程。

在微重力的漂浮狀態中，太空人長期用不上雙腿的肌肉來行走，因此必須要靠跑步機或踏步機這類的健身器材，來避免腿部會發生肌肉萎縮的情況。

巴籍的拉斐爾正好也在二號節點艙裡運動。貝拉蜜和他閒聊了兩句後，就戴著耳機上下顛倒地掛在艙內，一邊聽著音樂一邊在跑步機上運動。大約一個小時後，她才和拉斐爾交換了器材，以另一種九十度的立姿站在踏步機上，用力舒展著臀部與大腿的肌肉。

她的臉上冒著些許汗珠，不過腦子裡卻不斷想起阿哈努所唸的那首詩。她很好奇布萊恩是在什麼情況下寫出那首詩？難道詩句裡真的隱喻著什麼嗎？天之子？地之童？七重天？惡魔左手之關節？希望的星芒？那些詞句會和這個太空站有什麼關係嗎？

當貝拉蜜手腕上的運動錶震了幾下後，她才終於解開肩上和腰上的固定架，完成了今天的運動排程。就在她正準備轉往一號節點艙的用餐區之前，經過了位在角落的穹頂艙艙口，她好奇地探頭往裡面望了一望，那座艙內剛好沒有其他組員。

貝拉蜜索性鑽了進去，想看看舷窗外的地球美景。

在那個小小的空間裡，景色依然美得令她驚豔不已。水藍色的地球剛剛好框在六角形的舷窗內，看起來就像一顆包覆著藍天白雲的球體。她可以清楚看到雲層底下的太平洋，上面浮著大大小小的綠色島嶼和陸地。眼前的地球離她那麼的近，距離卻又是那麼的遙遠。

穹頂艙是以一種往外凸的六角立體形狀建構而成，每一片艙窗都面向不同的方位，因此才能放眼看盡180度的廣闊視野。這座舷窗是以六片梯形的艙窗圍成一個環狀，環狀中間則有一個正圓形的天窗，上下左右全部加起來一共有七片艙窗，才組成了這個六角形的穹頂艙。

貝拉蜜看著那幾面舷窗，突然愣住了。那七片玻璃外的景色，簡直宛若一片充滿著浮雲的萬里晴空，甚至令人有一種分不清是海或是天的錯覺。

難道，這就是布萊恩詩裡所形容的「七重天」？

她的心情突然振奮了起來，將身子攀在舷窗的邊緣往外望。在她的右前方可以清楚看到阿爾戈功能艙後的兩座對接艙，對接口上一前一後懸吊著兩艘俄羅斯的太空船。前方的是珀耳修斯號，後面的則是伊菲克力斯號。

貝拉蜜突然想起高中時代所讀過的希臘神話故事，也對這兩個希臘名字開始有了些印象。她總算肯定布萊恩詩裡所指的天之子，並不是眾人所耳熟能詳的耶穌基督，而且那位神當然也就不是耶和華。

而是天神「宙斯」！

在希臘神話故事裡，天神宙斯至少有十五位兒女，其中共有八位是男性，他們分別是：阿瑞斯、阿波羅、戴歐尼修斯、荷米斯、米諾斯、赫菲斯托斯[54]……

以及宙斯化為一陣金雨，與阿耳戈斯國王的女兒達那厄交歡後，所生下的半神「珀耳修斯」。還有偽裝成底比斯國王的模樣，誘姦其未婚妻阿爾克墨涅，所生下的另一位半神「海克力斯」！

底比斯國王與阿爾克墨涅的兒子「伊菲克力斯」，雖然並非所謂的半神，卻與海克力斯是來自同一個母體的雙胞胎兄弟！而其中更複雜的是，珀耳修斯除了是海克力斯同父異母的兄弟之外，他更是這對雙胞胎兄弟的外曾祖父！

因為，他們的母親阿爾克墨涅，其實是珀耳修斯在凡間的孫輩！也就是說風流的宙斯所誘姦的，竟然是他所不知情的曾孫女。

俄羅斯聯邦太空局之所以用他們的名字，來為三個系列的太空船命名，並不是因為他們之間千絲萬縷的關係。而是在希臘神話中，他們都有著驍勇善戰與冒險犯難的精神，甚至也曾是長征異域的超級英雄。

儘管這三個系列的太空船歷經過好幾代，目前幾個航次所升空的也已經是海克力斯8號、珀耳修斯10號及伊菲克力斯7號。但是，大多數的組員或地勤人員總會省略掉數字，而直接以它們的系列名字來統稱。

「天之子有可能就是海克力斯號或珀耳修斯號，而地之童則肯定是伊菲克力斯號了！」貝拉蜜突然有種茅塞頓開的快感。

因此，布萊恩停留在太空站的那半年裡，或者是說當他寫下那首詩的時候，也曾經見過停泊在對接艙下的兩艘太空船，就和現在一樣是天之子與地之童的組合。

「天之子，垂睫，凝望著遠方的子民。」貝拉蜜默默喃著那首詩，將目光落在如今的「天之子」珀耳修斯號上，它所在的位置首當其衝就是面對著地球，的確猶如正低頭凝視著遠方的子民——地球。

那麼「地之童，回首，顧盼於毀滅的低吟。」又是怎麼一回事？

她看著現在的「地之童」伊菲克力斯號，順著「回首」的視線往它的右斜角後看，並沒有任何明顯的物體。然後又往它的左斜角後方望，視點剛好落在窗外的加拿大機械手臂上。

貝拉蜜興奮得幾乎快喊了出來，原來「惡魔左手」所指的是那一座機械手臂！

54. 阿瑞斯、阿波羅、戴歐尼修斯、荷米斯、米諾斯、赫菲斯托斯（Ares, Apollo, Dionysus, Hermes, Minos, Hephaestus）。

那麼關節又是指哪裡呢？她數了數那具白色的巨大機械手臂上，總共有三個長得像關節的軸承，其中最大的一個軸承就對接在服務艙下方。

她迅速划出了穹頂艙往服務艙漂去，甚至沒心思和擦身而過的其他組員打招呼。

當她進入服務艙時剛好沒有人。她找到了機械手臂對接口的標示後，迅速掀開蓋在上面的帆布地板，呈現在眼前的除了凌亂的線路與管路之外，還有一個約為人孔蓋大小的圓形洞口，看起來應該就是機械手臂基座的第一個軸承接合處。

她順手從艙壁吸附工具的磁鐵板上，抓了一支手電筒後，便毫不猶豫往洞口鑽。洞內的空間非常狹窄，她根本無法張開雙臂靠浮力划行，只能雙手使勁往前伸，靠著手指的力量撥著內壁爬行，她的運動服還因此被凌亂的線路給勾了幾個洞。

沒多久，她才勉強爬行到洞內的最底端，開始用手電筒由內往外地毯式的檢查四周的壁面，不過上面除了布滿線路和電路面板之外，根本就看不出有任何不尋常的異樣。她甚至根本不知道「希望的星芒」到底是長得什麼樣子。

她一邊往後退一邊仔細地檢查著，幾乎就快要退到洞口準備放棄時，眼前突然閃過一絲光線。

那是來自一面小銅牌的反光，端端正正的被四顆螺絲固定在牆上，上面印著「加拿大太空局」的官方標誌。貝拉蜜本來還不以為意，畢竟在加拿大提供的設備上，鑲著該國太空局的標誌，應該是很天經地義的事。

不過，她仔細看了那塊銅牌後，卻發現上面有許多的疑點。

加拿大太空局的標誌是一個藍底反白的圓形圖案，底部分別有著該局英文與法文的縮寫「CSA」和「ASC」，中間則是一道象徵地球地平線的半弧形。弧形上有五道向上放射狀的光芒，看起來像是太陽的曙光或星光。那五道光芒中還有一顆劃過天際的十字星，或許是代表人造衛星或太空站。而標誌的最上端，也有另一顆懸在空中的十字星。

它們會是「希望的星芒」嗎？

貝拉蜜盯著銅牌上的藍白標誌良久，心中充滿了許多疑問。她順勢將手電筒照在銅牌邊緣四個角的螺絲上，發現那四顆螺絲都有非常明顯的磨損，就連銅牌的某一個角上也有些許刮痕。

那些刮痕就像是鎖螺絲時，不小心被螺絲起子所傷到的痕跡？製造這一座加拿大機械手臂的工廠，應該都是專業的工程師與技工，肯定是使用電動螺絲起子吧？那麼又怎麼會有這種徒手上螺絲時的瑕疵？

她索性從腰包裡掏出了一把多功能瑞士小刀，用上面的迷你起子卸下了螺絲。

當螺絲只剩下一顆時，她早已迫不及待直接將銅牌180度撥了開來，赫然發現底下的壁面竟然有一個兩吋左右的小洞，洞內除了可以看到一些線路，還有一塊不太像電路板的長方形小物體。

貝拉蜜的手掌顯然無法伸進去，只好試著用兩根指頭夾出那個物體，折騰了一分多鐘，才終於將它取了出來。

她將那只不明物體放在手心上，把手電筒的光源靠近仔細觀察著，才隱約看出來那是一枚大約只有拇指大小的金屬。她嘗試轉動或扳開那個類似不銹鋼材質的小塊狀，想確定裡面是否藏了什麼東西。

沒多久，她總算恍然大悟那是什麼了！

＊

UTC世界協調時間，二〇一八年四月十三日。

環球太空站，西面艙房。

兩位俄籍組員瓦西里與尼古拉，都穿上了俄羅斯的艙外用「海鷹太空服」，一旁的星野則身著美系的「ＥＭＵ太空服」。已經有多次太空漫步經驗的瓦西里，口操俄腔英語不斷向星野耳提面命，還要他盡量將心情放輕鬆。

這兩位機械工程專長的組員，將帶著星野先做一些基本的太空站外部勘察，以作為幾天後第二階段主架與桁架工程的暖身。星野和尼古拉屆時將會搭配日本機械手臂，將這幾航次太空船所運上來的部件，一一對接到正確的位置，作為日後更多節點與艙房的延伸支撐體。

星野雖然在中性浮力水池練習過許多次，也鉅細靡遺熟記了所有的施工步驟，但是現在卻將真實地走進這座氣密艙，到環球太空站的外部進行太空漫步！他的心情有那麼一絲緊張，但是卻充滿了更多的興奮，彷彿腎上腺早已分泌了足夠的能量，讓他可以一躍而出，躺進那片完全無重力的無垠星空裡。

除了這三位太空人之外，阿哈努、艾登、藍斯、拉斐爾與柯瑞，也在氣密艙的裝備區協助他們著裝和調整裝備。阿哈努的頭上依然戴著那一具GoPro多功能攝影機，正旁若無人地解說著那兩種款型的太空服。

「這種艙外用太空服的結構，和我搭乘太空船時的那種艙內太空服完全不同喔！它除了更厚重之外，裡面還有加壓、充氣、防輻射線和抗微星塵的功能。當然，也配有基本的微型電腦、通信設備和生命保障系統。」

他突然壓低了聲音，對著肩膀上的外接麥克風說：「生命保障系統就是組員們可以在太空服裡……尿尿的設備，還能自動將人類的尿液轉化為水分和氧氣……」

這幾天以來，阿哈努已經習慣了太空站上的生活，有時還會假藉即時轉播的理由到各個艙房閒晃，背後的目的其實只是想找出心中的那些疑問。不過到現在為止，他連布萊恩的那首詩或「如天使般發光的外星人」，都還沒有理出任何頭緒。

眼見返航日一天天逼近，他開始擔心這一次的太空旅遊，難道就會如此無功而返？

當瓦西里、尼古拉和星野準備就緒後，艾登便領著另外幾位組員退出了氣密艙的裝備區，並且確實關上了第一道閘門，在封閉式的硼矽石英玻璃窗外觀察。三位身穿厚重太空服的組員，才隨後步入了另一道門內的乘員區。

這座氣密型過渡艙，主要提供一個氮氣含量較低的空間，讓準備進行太空漫步的組員能先停留在這種環境一晚，排除血液中的氮氣。如此的步驟可避免在太空漫步時，太空服內低壓的純氧環境，會造成組員產生所謂的「減壓病」。

艾登檢查了氣密艙外的儀表板，確定了氮含量的指數沒有問題時，才回過頭說：「六個小時後，大家到朝永實驗艙集合，確認他們已經在站外進行太空漫步了。」

阿哈努暫時關上了頭頂的GoPro，滿臉疑惑地問：「咦，今天怎麼都沒看到貝拉蜜？」

「應該是在費曼或施溫格實驗艙吧？她好像已經開始著手被委派的實驗工作了。」艾登與貝拉蜜同為美籍太空人，因此對她的幾項實驗任務也略有所知。

「喔……那麼我可以到那兩座實驗艙，順便拍攝一些貝拉蜜在微重力狀態作實驗的鏡頭嗎？」阿哈努問。

艾登想了兩秒：「應該沒什麼問題吧？她這次的幾個實驗都是廠商委託的物理測試，並不是什麼機密性的官方任務。」

聽他那麼一說，阿哈努雙腳一蹭就往那兩個實驗艙的方向漂去。

他對這種微重力空間的漂浮方式已經越來越得心應手，有時還會和星野在起居艙內玩「追球」遊戲，也就是他們其中一個人投出球後，兩人便迅速追上如慢動作般飄出去的小球，看誰能像海豚那樣先用鼻尖頂到那顆小球，就是贏家了。他有時還會擺出蝶式、仰式或自由式的泳姿，就像在炫耀自己的靈活身手。

在前往美方實驗艙的途中，他必須穿過西面的後勤艙通道，當然也會經過許多太空迷所熟知的LU-3後勤艙。阿哈努停在LU-3後勤艙的門前，好奇地端詳著艙門旁的通行面板，上面除了有一只玻璃面的多重指紋掃描儀，旁邊還有一片觸控螢幕。

他將手伸進了掃描儀，不過螢幕上卻沒有任何反應。

也就是說，就算他用偷偷帶上來的「紅外線感溫鏡頭」手機背蓋，拍到任何一位組員在螢幕上按下密碼後的餘溫，再透過色溫的差異得知密碼數字的順序，也無法打開那一道艙門。

因為美國組員在鍵入密碼之前，必須先掃描「五根」指頭的指紋，如果指紋不符的話，螢幕上根本就不會出現輸入密碼的觸控鍵盤。

他沿著後勤艙通道繼續漂浮著，經過了LU-2和LU-1的後勤艙，不過那兩間艙房倒是和站內許多儲藏室一樣，只有兩扇白色的簡易帆布門，艙房內則囤放了許多補給物資與裝備。

阿哈努有一點納悶，如果這條後勤通道上有那麼一間美方儲存與收發機密文件的LU-3後勤艙，為什麼通道上卻沒有任何一台監視器？

他穿出通道進入二號節點艙後，便左拐來到了南面的服務艙。他順手按下了GoPro的錄影按鈕，將頭伸進位於地面上的費曼實驗艙艙口。

「貝拉蜜！貝拉蜜……」他喊了幾聲，才發現艙內空無一人。

阿哈努環視著那間不算大的艙房，才發現原來微重力實驗艙的景象並不如他想像的那樣，是個充滿試管、燒杯或定量瓶的地方，反而全是一些大大小小猜不出所以然的電子儀器。

他向服務艙的另一端划去，同樣將頭伸進施溫格實驗艙又喊了兩聲，不過裡面依然沒有人影。他索性穿出服務艙划進了起居艙，也沒有在貝拉蜜的寢層找到她。起居艙的盡頭左轉就是東面的一號節點艙，它所連結的有用餐區域、日方的朝永實驗艙和歐洲的多間迷你研究艙。

他在那幾節艙房喊了好幾聲，都沒有聽見貝拉蜜的回應。阿哈努不覺得貝拉蜜會在東面的艙房裡，至少並沒有聞到她散發出的那種蘋果肉桂或乳香沒藥的氣息。

整座太空站內反而有一股淡淡的香甜味，類似小時候祖母常會使用的那種鼠尾草[55]的氣味，那是北美原住民用來清淨空氣時，所會焚燒的一種香草植物。不過對阿哈努來說，這種鼠尾草的氣息通常暗示著「拯救」或「求救」的氛圍。

他心中突然泛起一絲不祥的預感。

他從西面艙房一路划來時，也沒有在二號節點艙的健身區見到她，難道她會在LU-3後勤艙內整理實驗報告？不過，今天是星野第一次體驗太空漫步，這對他來說是多麼重要的大日子，與他相識又同梯次的貝拉蜜怎麼可能會獨獨缺席？

阿哈努回到了LU-3後勤艙的前面，用手掌拍著那扇金屬的艙門，並且喚著她的名字。他不敢確定艙內的隔音設備是否傳得進去，不過至少應該感覺得到他拍門時的震動吧？

「索西先生，你這是在幹什麼？」

後勤通道盡頭傳來艾登的聲音，他緩緩從遠處划了過來。原來他還在氣密艙外，監視著儀表板上的氮含量指數，以防有任何突發狀況發生。

「我在兩個實驗艙和起居艙都沒有找到貝拉蜜，只是在想她是不是在裡面？」

阿哈努故意露出無辜的表情，假裝自己對LU-3後勤艙的機密性一無所知。

「如果她真的在裡面處理實驗報告，那麼你還是不要打擾她吧！況且，這一間後勤艙……是遊客止步的禁區。」

艾登的語氣雖然非常緩和，但是阿哈努還是嗅出他身上那種「懷疑」與「不滿」的氣味，就像是北美麝鼠的香臍子味。

「一整個早上都沒有見到她的蹤影，就連星野第一次體驗太空漫步，她也完全不聞不問，你難道不覺得非常奇怪嗎？」阿哈努問。

「奇怪什麼？」

「譬如說，才剛剛登站沒幾天的新進組員，因為失重環境的適應不良，而產生『太空病』的頭痛、暈眩或噁心症狀，然後一個人昏倒在不容易被發現的艙房裡，叫天不應、叫地不靈……」

雖然阿哈努說得有點誇張，但是這些狀況的確有可能會發生。

艾登猶豫了半晌，才揮了揮手將阿哈努支到稍遠的距離，隨之將手掌放在玻璃

55. 鼠尾草（Sage）。

面的指紋掃描儀上，背對著他快速輸入了好幾個數字。

那扇艙門並沒有任何反應。

艾登歪著頭愣了一下，確定艙門應該是從裡面被反鎖了，才馬上又輸入另一組緊急密碼。當LU-3後勤艙被打開時，裡面居然是一片漆黑，艾登撥了門旁邊的電源開關後，艙內才終於燈火通明。

不過，站在艙門外的艾登和阿哈努，卻不約而同倒抽了一口氣。

艾登幾乎是以一種迅雷不及掩耳的速度，馬上將那扇艙門給關了上，他的身子倚在門前，睜著充滿血絲的雙眼，雙唇還微微在顫抖著。他和通道上的阿哈努對望幾秒後，目光頓時停在他頭上的那台GoPro上，接著就一個飛撲朝著阿哈努划去，將那台多功能攝影機用力扯了下來。

「這鬼東西怎麼關掉？快關掉它！快關掉……」他暴怒地喊了出來，根本顧不得眼前這位太空遊客，是花了幾千萬美金登站的金主。

阿哈努將GoPro搶了回來，用力按下了停止錄影的按鈕。

但是他心中非常清楚，剛才LU-3後勤艙內的駭人景象，早已透過衛星網路傳回公司的影片串流伺服器裡，並且以同步的速度呈現在地球上許多使用者的眼前。

也就是說，許多媒體與觀眾早已親眼目睹，剛才那一段懾魄驚魂的即時影音了！

第七章

UTC世界協調時間，二〇一八年四月十四日。

俄羅斯莫斯科市，「國家杜馬」下議院議員辦公大樓。

電視裡正播著「CIR第一頻道」的頭條新聞，畫面是一段翻拍自網路的影片，雖然許多段落都被打上了馬賽克，不過還是可以看出地點是環球太空站的某個艙房。

新聞主播語氣謹慎地報導著：「這一起命案發生在環球太空站的LU-3後勤艙內，該處為美方處理機密研究資料的艙房，平日只有美籍的組員才能進出。死者為38歲的女太空人貝拉蜜・羅賓森教授，她是美國小有名氣的物理學家，4月9日才剛搭乘珀耳修斯號登站……」

影片中可以清楚看到艾登站在LU-3後勤艙口的背影，而攝影機的位置應該就是阿哈努頭上的那只GoPro，這些影像或許是媒體截錄自當時的網路轉播畫面。

「……由於畫面過於血腥，我們必須加上馬賽克處理，只能以口頭說明命案現場的情況。就如大家所熟知的，太空站是個微重力的加壓空間，因此當時羅賓森教授的遺體是漂浮在LU-3後勤艙內。她穿著一套紅色的運動服，臉孔與身體面向艙頂，可是四肢卻垂軟地懸著……」

主播停了幾秒，讓觀眾觀賞那段循環播放的影片，然後帶著遺憾的口吻繼續道：「最令人震驚的是，死者身上不知哪裡有刀傷或撕裂傷，血液不斷從傷口溢了出來。在微重力的狀態下，那些流出的血液卻凝成一顆顆的血滴漂浮在遺體四周，整個艙內幾乎布滿了幾百顆的血紅珍珠……」

尤里・安東諾夫坐在辦公桌前，盯著平板電視上的重播畫面，臉色依然震驚不已。當女主播形容著貝拉蜜遇害的景象時，他腦中所浮現的卻是當年布萊恩在密室裡的場景。

他怎麼可能忘得了那些驚悚的記憶片段？當他和其他組員拿著回收的床單和睡袋，在LU-3後勤艙內吸附著那些漂浮的血珠時，它們彷彿像飛蛾撲火般投進白色的床單上，然後化成無數的圓形血斑，霎時就將床單染成一片深紅色的布幕。

他們用了好幾張床單才將那些恐怖的血珠完全吸附掉，可是又怕傷口會繼續湧出血珠，沾染到太空站上的電子儀器，只好用睡袋將布萊恩的遺體包裹得像木乃伊，幾位組員才半漂半跌的將他移往起居艙附設的醫療區。

那些畫面至今依然會出現在夢中，畢竟他從來沒有與一具屍體有如此近距離的接觸。

尤里辦公室的門響起了敲門聲，他的女助理歐珈捧著一台平板電腦匆匆走了進來：「議員，我已經連絡到太空站上的組員了！」

歐珈切換了牆上平板電視的訊號源之後，滑了一下平板電腦上的視訊，影像馬上跳到電視螢幕上，畫面上有一位穿著白色T恤的男子正盯著鏡頭。尤里一眼就認出他所在的位置是阿爾戈功能艙，那個他曾經待過半年左右的狹窄艙房，而那位太空人則是第35梯次的尼古拉·利夫希茨，也是他的遠房姪甥輩。

「利夫希茨先生，安東諾夫議員已經在線上了，請說！」

「尤里叔叔……」

尤里還等不及尼古拉將話說完，就馬上插嘴問道：「我已經看過新聞報導了，現在上面的情況到底如何？」

「喔……那起命案發生至今已經第六個小時了，目前一切都恢復正常運作，只不過原本要進行的太空漫步也因此被迫取消。這六個小時以來，我們也協助美方拍照與錄影蒐證，雖然那些漂浮的血液已經清理乾淨了，不過命案的現場大致還是維持原樣。根據美籍組員剛才的回報，還好血滴並沒有沾染或損壞到LU-3艙房內的電腦與電子設備。」

「死者的情況如何？有執行流式細胞分析儀的遠端診斷嗎？」

「美方休士頓的醫療小組說，血液裡並沒有檢驗出任何疾病、病毒或毒物的反應。他們透過多重攝影機檢視，初步判斷致命原因可能是死者遭受外物重創後昏厥，而撞擊後的傷口又不斷大量失血致死。」

「傷口？傷口在哪裡？」尤里問。

「我們之前也找了好久，不過掃描後才發現傷口是在貝拉蜜的頭髮裡，也就是頭皮上有一道約3～5公分的傷口，雖然並不是很大可是看起來深及頭骨！可能連骨蓋都有碎裂的情況！」

尤里頓時愣住了。因為，貝拉蜜的命案和布萊恩之死根本如出一轍，同樣的艙房、相同的死狀與陳屍狀態，就連致命傷口也都在相同部位。只不過並沒有多少人知道，在二〇一〇年初的LU-3後勤艙內，也曾經發生過另一起命案。

他沉默了良久，才繼續問道：「休士頓那邊，有沒有提到將如何進行調查？」

尼古拉的語氣不是很肯定地回答：「目前為止並沒有聽說要怎麼調查，畢竟這一航次的太空船才抵達沒幾天，就算派遣專業的鑑識人員上太空站，也要等到幾個月後的下一個航次。不過休士頓已經指示，先將貝拉蜜的遺體真空處理，等待運回地球……」

尤里的腦中突然閃過布萊恩被套進太空服裡的畫面，當真空設備抽出太空服內的空氣，再充入氮氣及混合氣體時，那種窸窣的聲音至今猶在耳際。

「怎麼運輸？」他的心中湧起一股暗潮。

「應該就是用幾天後返航的伊菲克力斯7號吧！」

又是伊菲克力斯號？尤里覺得事情越來越蹊蹺。上一次運回布萊恩的遺體時，同行返航的伊果與雅各全都喪命了，難不成這一次又會重蹈覆轍？他開始有一種不祥的預感。

「這一次返航的組員是哪幾位？」

「兩位，他們是第34梯次巴籍的拉斐爾，和俄籍的瓦西里，還有一位太空遊客！」

尼古拉突然壓低聲音說：「雖然美國太空總署至今尚未正式公布，是否會安排鑑識人員上來調查。不過，我們這裡已經有人開始在收集整起命案的所有線索，剛才還在阿爾戈功能艙裡調閱監視器畫面……」

「是哪個國家的太空人？」尤里問。

「不是太空站上的組員，而是那位加拿大的太空遊客！」

「你是說，那位叫阿哈努的原住民富商？」

「沒錯，他說自己既不是太空站的組員，也不隸屬任何國家的太空機構，有絕對的立場可以代表地球上的觀眾，追查這一起命案的真相。他還說，每一位納稅人都應該有知的權利。」

尤里不自覺喃著尼古拉最後的那句話：「知的權利……他問了你什麼事情？」

尼古拉的語氣有點不以為然：「他要我和瓦西里交代進入氣密艙前的十二個小時，到底是在哪裡、作過哪些事情。而且他還說這是一起典型的『密室殺人案』，而且還可能是史上海拔最高的一個『密室』！」

尤里右手托著下巴，輕撫著唇上那兩撇八字鬍，沉思了好幾秒後才緩緩抬起頭說：「你現在能不能請那位富商來阿爾戈功能艙一趟？但是絕對不要讓任何人知道，尤其是……美籍的組員們。」

「好的，那麼我先將視訊畫面掛掉囉！」

尼古拉掛掉視訊後，尤里順勢揮了揮手將歐珈支出辦公室。他將辦公椅轉向背後的落地窗，一個人靜靜地凝視著窗外櫛比鱗次的莫斯科天際線。

他突然想起什麼，起身走到牆角的檔案櫃，拉開了最底層的鐵抽屜，取出抽屜中一只小小的金屬盒。他撥著上面的密碼轉輪，沒幾秒就打開了盒子，裡面裝著一些他參與俄羅斯太空任務時的證件、吊牌和獎章，最底層則壓著一個信封袋。

他搖了搖信封袋，將裡面的物品倒在辦公桌上，幾張有點發黃的照片散了出來。

那些照片的解析度並不是很高，感覺上是用印表機列印出來的，照片裡的影像和剛才電視新聞中的場景類似，但是卻沒有任何的馬賽克。那是LU-3後勤艙內的景象，其中還有兩張照片佈滿了無數的暗紅血珠，其餘的畫面則是血珠被清理後的場景。

照片裡唯一的共通點就是艙房中間都漂著一具屍體，不過畫面上的死者並不是貝拉蜜，而是八年前也在LU-3後勤艙遇害的布萊恩。這些照片就是當年伊果要求雅各所拍攝的命案現場。他本來還以為雅各將這些影像上傳給休士頓後，就將相機裡的ＳＤ記憶卡抽出來帶走了。

一個多月後，他檢修一台故障的公用廣角相機時，發現相機是被不明液體滲入，造成內部晶片受潮。他打開機殼後才發現，其中一片ＩＣ板上有些深褐色的斑點，他才懷疑那可能是雅各拿到LU-3後勤艙拍照的相機，結果卻不小心沾染到布萊恩的血珠，而滲進相機的電子零件中。

不過最讓他吃驚的是相機修好之後，他正準備格式化ＳＤ記憶卡時，卻誤觸了修復記憶卡磁區的功能，而不小心將許多早已刪除掉的照片還原了，其中還包括了這一組布萊恩命案現場的蒐證照片。

原來雅各並沒有將ＳＤ記憶卡帶走，可能只是用ＵＳＢ傳輸線將相機上的照片傳到公共筆電，直接上傳給美國太空總署，自己頂多再用隨身碟作了備份。最後只是將相機內的相片手動刪除掉，甚至也沒有將ＳＤ記憶卡作完整的格式化，才會不小心被他從磁區裡還原出來了。

他將那幾張影像壓成一個加密的ＺＩＰ壓縮檔，很隨性地上傳到他與家人存放生活照的雲端伺服器裡。直到幾個月後他返回地球，才在家中將那個壓縮檔從雲端下載回來，再將雲端上原始的備份刪除掉。

他也不知道為什麼會將它們列印出來？也許是對那一起命案的好奇心使然，抑或是內心深處也曾閃過許多太空人常會有的念頭，也就是等哪天退休撰寫自傳時，這幾張附錄在書中的未曝光照片，搞不好可讓他的著作有些爆炸性的話題？

這麼多年以來，他不斷檢視過所有的記憶片段，他相信當時的組員中，肯定有一位是殺害布萊恩的兇手。然而存活下來的三位組員——日籍的田原、瑞典籍的阿尼和俄籍的他，卻沒有一位能夠自由進出美方的LU-3後勤艙！

難道兇手真的會是他們曾經懷疑的美籍組員雅各？只不過在伊菲克力斯號返航失事後，當時的嫌疑犯與死者全都巧合的葬身於爆炸中，一切就那麼灰飛煙滅了。美國太空總署在得知伊菲克力斯爆炸的消息後，也就順水推舟將布萊恩的死因，列為是在那場爆炸案中為國殉難。

如此也剛好讓美方有機會隱瞞當年那起太空人的命案，並且促使日本、歐洲與俄羅斯的三個太空聯盟機構，要求田原、阿尼和他簽下那一紙保密條款。美其名是要維護這項國際太空計畫的聲譽，背地裡卻殘忍地湮滅了那起發生在環球太空站上的謀殺案。

如今這一起太空站命案的影片，雖然意外呈現在媒體與觀眾的眼前，讓美方完全紙包不住火，也無法像當年那樣隻手遮天吃案。但是，尤里不敢確定，八年前那起伊菲克力斯號的爆炸事件，是否也會那麼巧合的歷史重演？

如果這一起命案少了關鍵性的死者遺體，那麼所有能夠採集的科學鑑識證據，也將會像當年那樣煙消雲散。對於一樁沒有遺體的謀殺案；一處遠在地球軌道上的命案現場，很快就會從一宗天天報導的熱案，轉為一宗案情膠著的冷案，最後還可能會被世人完全遺忘。

他該如何去阻止呢？

也許，就像幾個月前田原寄給他和阿尼的郵件中所提到的，當年他們簽下那紙保密條款時，就已經成為那一起命案的共犯了！他們以為自己是個顧全大局、維護榮譽的太空英雄，其實卻壓根子只是個助紂為虐、為虎作倀的倀鬼！他們是讓布萊恩的命案無法水落石出的幫兇，也是讓死者的雙親、遺孀和子女承受痛苦的元兇。

田原語重心長地寫道，「假如我們所曾經極力要維護的那份航太榮譽，只不過是造就了兇手能夠逍遙法外，抑或是無意中協助了他拓展個人的私心。那麼，我寧願放棄那一份所謂的榮譽，也不願意繼續去面對這種良心上的煎熬！」

他到今天才體會到田原的那番話。

如果他們曾經下定決心站出來，聯手揭發布萊恩命案的存在，讓一切能夠重見天日，那麼就不會發生這一起新的謀殺案。他們已經錯過機會給布萊恩的家屬一個交代，在這個節骨眼上又怎麼能為自己的榮譽，而狠下心繼續隱瞞下去？

就在他陷入掙扎的當下，平板電腦突然急促地響起。

尤里按下了觸控螢幕上的接聽鈕，沒多久牆上的電視又出現了尼古拉的視訊畫面，身旁還多了那位有點鷹勾鼻的年輕富商。尤里跟尼古拉講了幾句俄語，示意他先離開阿爾戈功能艙，直到確定艙內都沒有其他組員後，他才開口說話。

「索西先生你好，我是俄羅斯國家杜馬下議院的尤里・安東諾夫，也就是二〇〇九年至二〇一〇年期間，參與過環球太空站第18梯次任務的俄羅斯太空人。」

視訊上的阿哈努眼睛突然一亮，仔細打量著那位西裝筆挺的中年男子：「安東諾夫議員找我……是有什麼事需要我效勞嗎？」

尤里的表情有些許猶豫，八字鬍底下的雙唇甚至若有似無地微顫著：「我聽說你正在調查太空站上的命案，我想……我這裡有一些線索……或許可以提供給你參考看看……」

阿哈努的兩道粗眉頓時揚了起來，隨著尤里的娓娓道來，他的眼睛更是越睜越大。

*

當阿哈努結束和尤里的視訊後，才剛剛划出阿爾戈功能艙沒多久，就在二號節點艙和艾登迎面碰上。此時的艾登表情嚴肅，完全不像阿哈努剛登站時那般笑臉迎人。

他上下打量過阿哈努後，才說：「你將那台多功能攝影機藏在哪裡？可以請你先關掉嗎？我有話要跟你說。」

「你一眼就看得出來，我現在根本沒帶在身上嘛！」阿哈努故作輕鬆狀，還用雙手拍了拍工作褲上的幾個口袋。

艾登表情冷漠地說：「我是來轉達休士頓任務控制總部的指令，FCR 1控制室的卡林上校請索西先生停止介入環球太空站的這起案子。我們會自行派遣調查員與鑑識人員進行偵查！」

「等到什麼時候？三個月或五個月後？下一航次的俄羅斯太空船嗎？你也知道等到那個時候，幾位有嫌疑的組員都返航了，LU-3後勤艙的命案現場也被破壞了，還能查出什麼所以然嗎？」

「總之……你目前以太空遊客的身分，對六大太空聯盟機構所屬的太空人進行盤查，就已經超出你應有的權限了！」艾登的口氣微慍，聲調也漸漸提高。

阿哈努看著他那副嘴臉，毫不留情地就酸了幾句：「什麼權限？我的三千多萬美元是捐給俄羅斯聯邦太空局，也是在莫斯科的星城接受太空遊客訓練，更是搭乘俄羅斯的太空船登上環球太空站，請問這些和你們美國太空總署有任何關係嗎？」

他停了幾秒，才語帶調侃地說：「況且，貴國現在哪有什麼載人太空船？那麼又該如何在第一時間將調查人員或鑑識人員送上來呀？你們簡直就是在空口說瞎話嘛！」

「你不要仗著自己有些錢，就認為可以在環球太空站上為所欲為！」艾登幾乎是吼了出來。

「煩請你轉告湯瑪士·卡林，無論我這位太空遊客是否逾越了哪些權限，我想也應該是由俄羅斯聯邦太空局的官員來警告我吧？可是我至今並沒有接獲俄方的任何干預，那麼你們美方又是以什麼立場來警告我？」

「我再次以環球太空站指揮官的身分重申，請你即刻停止那些非專業的無謂調查！」

阿哈努從艾登身上嗅到一股極其強烈的「洛克福起司[56]」氣味，對他來說這類濃郁難忍的藍起司氣息，通常象徵著當事人愚忠、固執與食古不化的性格。

「我想該不該繼續調查下去，應該是由這六大太空聯盟機構、十五個國家的納稅人來決定才對！只有他們有權決定自己所繳納的稅金，是否該被用在正當與正義的太空任務上！」

「我只是依指令行事，你可不可以不要為難我！」

「艾登呀，環球太空站並非美國太空總署獨有，如果你真認為休士頓的指令，或是你這位指揮官的說詞經得起考驗，那麼剛才又為什麼不願意被我公開錄影？」

阿哈努邊說邊從Polo衫的口袋抽出了一支金筆，然後往空中拋了上去，金筆就像慢動作般緩慢地翻滾著，然後才又被他撈回手中。

「還有，我就算沒有隨身配戴GoPro多功能攝影機，並不代表我就不會攜帶數位錄音筆喔！我既然是在幫全球公民進行調查，當然就需要隨時錄下所有嫌疑人的說詞嘛！」

「你這樣做……太卑鄙了！」艾登的臉色頓時漲紅，連眼白也幾乎快充血了。

阿哈努自嘲地回答：「沒辦法，我終歸還是個商人嘛！你也聽過所謂的無奸不商，我早就養成習慣隨時錄音存證，只是為了要保護自己啦！」

他喀擦按下金筆頂端停止了錄音。不過臉色卻突然沉了下來，然後低下頭偏著腦袋看著艾登。

「你認為我要是將剛才的那段錄音公開，那些在地球上關注此案的媒體或觀眾，會認為這位指揮官是在執行休士頓的指令？還是一位嫌疑人正在阻撓案情的水落石出？你不覺得這是在害你自己陷入泥濘中嗎？」

艾登也不甘示弱地說：「你不用威脅我，要這麼說……這座太空站上的七位組員，和你這位太空遊客，都稱得上是殺害貝拉蜜的嫌疑犯！你如此積極地調閱監視器存檔，盤問組員們的不在場證明，難道不是企圖將自己排除在嫌疑犯之外？」

「艾登呀艾登……我說你還真是聰明一時，糊塗一世呢！貝拉蜜是死在你們美方

56. 洛克福起司（le Roquefort），洛克福起司以青黴菌發酵而成，外觀呈白色並佈滿均勻的藍綠色紋路，氣味強烈。

專屬的LU-3後勤艙裡，只有美籍組員才能用五根指頭的指紋，去啟動那個輸入密碼的程式，而且門外與門內各有不同的密碼。我想請問你，還有哪個國家的組員可以進入LU-3後勤艙去殺害貝拉蜜？你認為地面上的那些媒體，目前是將矛頭指向誰？」

阿哈努雙眼直勾勾地盯著他：「當然是艾登．庫珀和藍斯．史密斯嘛！你們這兩位美籍組員就是目前大家心中的頭號嫌疑人！你竟然還在這裡阻止我追查線索，難道你不希望有人為你洗刷嫌疑嗎？」

「那件命案真的和我沒有關係呀……」艾登頓時語塞，不但態度沒有剛才那麼強硬，就連神色也開始帶了點惶恐。

「腦袋終於清醒了吧？我只希望你能對我的調查睜一隻眼閉一隻眼，然後向休士頓的任務控制總部回報，你已經將話帶給我了。但是阿哈努．索西先生說，他只是個加拿大商人，並不隸屬美國太空總署的管轄，也沒什麼立場聽從貴總署的指令。如果貴國的長官依然有什麼意見，就煩請透過我捐款的單位——俄羅斯聯邦太空局轉達給我吧！」

艾登實在接不上話，只是面有難色點了點頭，然後轉身準備往服務艙的方向划去。

「艾登！」阿哈努喊住了他，還勉強擠出了一個善意的笑容：「你放心，我會盡力而為，我相信……你並不是兇手。」

艾登表情茫然點了點頭，便繼續朝著服務艙划去。

阿哈努倚在通道牆上，不經意嘆了一口氣。他多麼希望相信艾登並不是兇手。這半天以來，他和每一位太空人都有所接觸，表面上是閒聊、互相打氣，骨子裡卻是在打探每位組員過去十二個小時的行蹤。

他一直以為如果兇手是在這七個人當中，以他天賦異稟的敏銳嗅覺，肯定可以嗅出什麼犯罪的氣息！不過，他卻沒有在這些組員身上聞到什麼「浸過水的鐵鏽味」，或是「龍爪花[57]被搗碎後的辛辣味」。在他的嗅覺經驗裡，那兩種味道通常是犯罪者們會散發出的氛圍。

他唯一嗅出來的是，這七位組員所說的話全都句句屬實，沒有一個人是在說謊。阿哈努開始懷疑自己與生俱來的特異能力，是不是在登上環球太空站之後，被微重力的加壓環境干擾了？

57. 龍爪花（Lycoris Radiata），又名紅花石蒜、山烏毒、老鴉蒜、彼岸花、曼珠沙華，或死亡之花。

他曾經讀過一則生物學家的研究報告，指出有許多植物的細胞，在太空站的微重力環境培育時，會長出比在地球時還要巨大的花朵或果實，甚至在外觀上也截然不同。而某些病毒的核酸分子也會因為迥然不同的重力，DNA或RNA的組合與結構會出現變化，進而轉變為另一種非細胞形態。

難道這些重力與加壓的因素，也影響了他原本超強的嗅覺感官？

阿哈努之所以會主動介入貝拉蜜的命案調查，全是因為心中有一種莫名的罪惡感。他認為貝拉蜜之所以會死於非命，或許是因為自己向星野和貝拉蜜透露了關於「如天使般發光的外星人」，以及布萊恩生前所寫的那一首詩！

不然，以貝拉蜜剛登上太空站的新手而言，就連每一位組員都還沒機會深入認識，又怎麼可能會與任何人結怨而招來殺身之禍？除非，是她無意中觸及什麼警戒線，才讓某位組員燃起非要置她於死的殺機！

難道貝拉蜜已經找到發光外星人的謎團？或是破解了布萊恩那首詩的寓意？

剛才聽完尤里講述另一起發生在LU-3後勤艙的命案時，他的心臟狂跳了半晌！從尤里出示的那些舊照片看來，兩起命案除了死者的性別不同，其他的相似度幾乎是百分之百雷同！

但是，二〇一〇年一月份在環球太空站上的組員，與二〇一八年四月的這一批組員完全不同，也沒有任何人同時都參與過前後兩次的太空任務。既然沒有重疊任務的太空人，又怎麼會有如出一轍的殺人手法？

依照尤里的說法，布萊恩命案現場的五位目擊者，排除掉返航遇難的伊果與雅各，就只剩下田原、阿尼和他。那是一起沒有被官方公開的殺人案，三位太空人也都簽署過保密條款，並沒有向外人透露過命案的細節，那麼如今這一起疑似Copy Cat的模仿犯案，又是從何而來？

當阿哈努正糾結於千絲萬縷的線索時，口袋裡的迷你平板突然震了好幾下。他瞥了一眼螢幕，發現有一封標著紅色驚嘆號的「高重要性」郵件跳上了視窗。他用手指點了一下觸控螢幕，那封信的內容隨之被展開。不過裡面卻只有短短幾句話。

「鮭魚回游，通體紅潤，肥美卵滿，豐收之祭即將展開。——伊努克休柯[58]」

58. 伊努克休柯（Inukshuk），北美原住民以石頭堆出的人形石堆，作為指引部落方向的標誌或地標。在因努伊特語即是「代替人的物體」，亦被稱為是「指引之石」。

阿哈努原本糾結的眉頭與下垂的嘴角，頓時全都飛揚了起來，臉上還露出他那種「微笑藥師」的招牌笑容。

第八章

UTC世界協調時間，二〇一八年四月十五日。

環球太空站，東面艙房。

阿哈努才剛走進一號節點艙後方的用餐區，就見到星野一個人落寞地倚在飲水機旁，手中還捧著一袋照燒牛肉飯的真空包，看來應該是日方的航太廚房，為日籍組員所準備的太空食品。

他刻意用不是挺標準的日語喊了星野一聲：「Hoshino San！」

「嗯嗯……」星野只是含糊應了一聲，又繼續心不在焉嚼著口中的飯。

阿哈努從他專屬的食物格裡拎出一包真空包，然後打氣地說：「看你的表情，那包日式燴飯好像不合你的胃口喔？要不要試試米其林星級廚師的『楓糖切努克鮭魚』呀？」

星野並不如往常那般雀躍，雙眼反而頓時紅了起來，眼角還不經意滑下了一行淚，可是馬上就被他用手背給偷偷擦掉了。他或許是想起在詹森太空中心時，他們三個人一起在太空食品實驗室，試吃那些高檔太空食品的點點滴滴。

「我和貝拉蜜認識兩年多了，在不同太空聯盟機構的集訓場合都曾搭檔過，算得上是非常有默契的同梯組員。雖然她的年紀比我還輕，可是人生歷練卻比我豐富太多了，因此私底下總是將我當成個小弟弟來看待。」

他紅著鼻子，有感而發的繼續說道：「我從來沒有想到……這份難得的友誼，竟然會在我們朝思暮想的太空站上結束！她拚著命完成了畢生的夢想，結果這個夢想之地卻也成了她的葬身之地！」

阿哈努同情地凝視著他，可是沒幾秒又將臉給別了開。

「星野，我瞭解你的感受，但是你還要在這個密封的太空站上待六個多月，眼前必須先克制住自己的情緒。我可不希望你將這種憂鬱無止盡地擴散，沒多久就被迫提前結束任務回地球了。」

他一邊說著話，一邊將手中的真空包放進加熱器裡，眼角還偷偷瞄了星野兩眼。

阿哈努並不是沒有星野那般多愁善感，而是他此時此刻的腦中有太多的信息。

他這兩天輾轉接獲維特和尤里所提供的資訊，當中甚至包括了田原和阿尼那邊的線索。它們彷彿像一片片漂浮在微重力中的拼圖，阿哈努必須非常專注地將那些蛛絲馬跡一個個串連在一起，如此才能解開貝拉蜜被殺害的前因後果。

「而且，我可能還需要你的協助呢！」

「我？你是指調查貝拉蜜的命案？」星野問。

他點了點頭又說：「你還記得我跟你們提過的那位維特・托夫斯基？我派出去的人終於找到他了！」

「你是說伊果・托夫斯基的兒子，那位在美國參加研討會之後，就突然失蹤的俄羅斯航太工程天才！」

「沒錯，我為了尋找人間蒸發的維特，特地動員了美加兩地多個結盟部落的長老與族人，成立了一個代號『伊努克休柯』的狩獵任務，還將捕獵的目標命名為『鮭魚』！你知道光是美國本土有多少原住民嗎？」

星野搖了搖頭。

「至少五百萬人口！這次所有結盟印地安部落以接力的方式，派出族人使用網路人肉搜索或傳統人脈追查。從西岸華盛頓州的『斯波坎部落[59]』，一路到美國中部的幾個部落，直至東岸紐約州的『莫霍克部落[60]』分頭輪番上陣。最近，幾位莫霍克的長老才終於在布魯克林，找到了那條迷途的鮭魚——維特・托夫斯基！」

「太厲害了！」星野的眼睛突然亮了起來：「原來你們還有如此天羅地網的結盟部落？我倒是聽過『伊努克休柯』這個原住民名詞！就是前幾年加拿大冬季奧運時，出現在冬奧標誌上的那種人形石堆吧？聽說它是你們北美原住民用來引導迷途者或孤魂的『指引之石』？」

「你連這個都知道？沒錯，我想這次也是『伊努克休柯』指引我們找到了維特！」

阿哈努突然停了下來，確認前後艙口都沒有其他人後，才壓低聲音繼續道：「他自從失蹤之後，就一直在追查『如天使般發光的外星人』，甚至暗地裡聯絡到了當年的太空站組員。」

他腦中閃過尤里傳來的那些密室照片，語氣斟酌地說：「布萊恩並不是在返航爆炸中身亡的……」

「怎麼可能？那麼是在哪裡？」

「在LU-3後勤艙！這是當年駐站的俄籍組員尤里·安東諾夫，所提供給我的線索。」

星野張著大嘴完全接不了話。

「維特那邊也發現，伊果當年在密文中所提到的『如天使般發光的外星人』，或許根本就不是什麼天使或外星人！因此，他將所有收集到卻無法理解的線索，全都匯集成一個文檔，透過莫霍克的長老轉發了給我。維特認為或許只有遠在軌道上的我，才能將這些凌亂的拼圖湊在一起。」

這一連串的訊息讓星野有些頭暈眼花了，他歪著頭疑惑地問阿哈努：「那麼……我到底能幫上什麼忙呢？」

「那可多著呢！你先到服務艙找一份太空站的平面配置圖，我待會就在穹頂艙和你會合。」

阿哈努說完後，低下頭從真空包裡叉了一塊楓糖切努克鮭魚，放入口中後臉上

59. 斯波坎部落（Spokane Tribe of Indians）。
60. 莫霍克部落（Mohawk Nation）。

緩緩浮現起一絲滿足的微笑。

星野撥了一下艙壁正準備漂走時，表情還是有點納悶：「你跟我說了那麼多，難道你不怕……我可能就是殺害貝拉蜜的兇手嗎？」

阿哈努並沒有抬起頭，只是自顧自繼續吃著手中的鮭魚，然後半閉著眼睛幽幽地說：「唉，你那種沸水煮芋頭的氣味那麼濃烈，實在不太像殺人兇手會散發的氣息，說是跟蹤狂或暴露狂還比較有可能！」

星野聽了雖然有些尷尬，還是很好奇地問：「那麼，以你那種超強的嗅覺，難道聞不出太空站上哪位組員才是兇手嗎？」

阿哈努並不想告訴星野，他在微重力的加壓空間裡，那種對人事物的敏銳嗅覺，好像也變得沒有那麼神奇了，目前還真的沒有嗅到任何犯罪者的氣味。

「就算我像隻警犬那樣，告訴大家我聞出真兇是誰了！你認為有人會相信我的話嗎？我們還是得將所有的線索轉化為證據，才能讓那位兇手輸得心服口服！」

＊

環球太空站，西面艙房。

當星野拎著幾張平面配置圖抵達二號節點艙時，加籍的柯瑞正在跑步機上作例行運動，不過他的視線正好奇地望著節點艙的角落。因為，阿哈努正以一種倒栽蔥的姿勢，攀在角落的穹頂艙口。

星野和柯瑞打了聲招呼後，便划到阿哈努身旁。

阿哈努上下左右仔細端詳著那座往外凸的六角形艙房，沒多久才縱身沉了進去。星野趴在艙口觀察著他的一舉一動，沒多久才輕聲問道：「這個地方有什麼可疑嗎？」

「這個艙房或許隱藏著布萊恩那首詩的關鍵，他可能就是在穹頂艙內，寫下了那些奇怪的詩句。」

「你怎麼知道這裡是關鍵所在？」

阿哈努瞟了一下星野身後的節點艙，將食指放在雙唇上：「是那一條回游的鮭魚帶回來的魚卵……說的。」

星野的表情似懂非懂，不過倒是意會到阿哈努是要他提防隔牆有耳。

阿哈努漂到了穹頂艙那幾扇舷窗前，目光停留在珀耳修斯號和伊菲克力斯號。

假設誠如維特在文檔中所提，詩中的「天之子」就是希臘神話中，宙斯的兒子珀耳修斯和海克力斯號，而「地之童」則是底比斯國王的皇子伊菲克力斯，那麼詩句中其他的事與物又代表著什麼呢？

阿哈努心中默唸著那些詩句，然後觀察著窗外的一景一物，最後也同樣將視線落在那支白色的機械手臂上。

阿哈努回過頭問星野：「左邊那具是你們日本的機械手臂嗎？」

「不是，是加拿大的！」星野回答。

「它的基座關節是和哪個艙房對接？」

「應該是服務艙吧？我再確認一下……」他翻著那幾張在微重力中散得像花瓣般的平面配置圖，隨後非常肯定地回答：「沒錯，就是在服務艙西端的下方！」

阿哈努二話不說雙腳一蹬，幾乎像超人般飛出了穹頂艙，然後穿過二號節點艙漂到了隔壁的服務艙內。星野見狀也趕忙收拾著手中那一團揚起的紙花，跟著他划到了隔壁。

兩名美籍組員剛好也在服務艙裡，艾登應該正在指導藍斯如何操作筆電上的某個分析程式。阿哈努連招呼都沒有打一聲，就逕自飛到艙房的西面，掀起了最盡頭的那一片帆布地板。

「索西先生，你這是在幹什麼！」藍斯從另一頭迅速划了過來，還用雙手壓住了那片帆布，語氣惱火地喊著：「你也未免太誇張了吧？這底下可都是精密的機械設備耶！」

阿哈努什麼話也沒有回，只是抿著嘴角，雙眼直勾勾地望著遠處的艾登。

「藍斯，你先到施溫格實驗艙，處理一下剛才休士頓交代的那幾項實驗報告，這裡就交給我來處理吧！」艾登刻意避開了藍斯的目光，一邊說話一邊抄寫著筆電上密密麻麻的數據。

藍斯皺了一下眉，索性鬆開了手中的帆布地板，漂回剛才的位置上收拾著磁性桌面上的物品。當他正要划進施溫格實驗艙前，還在艾登身後嚷了一句：「你知道自己到底在幹嘛吧？」

艾登並沒有回答。

直到藍斯離開之後，艾登才闔上筆電緩緩往二號節點艙划去，就在經過阿哈努和星野身邊時，還從艙壁的魔鬼氈工具板上，摘了一只小型的探照頭燈，順勢遞給了阿哈努。

他嘆了一口氣道：「我人不在這裡，什麼都沒看見，什麼也不知道。」然後就穿進隔壁的二號節點艙，往後面的幾個艙房漂去。

星野扶著那片輕飄飄的帆布地板，看著阿哈努迅速戴上那盞頭燈後，就一溜煙又是一個倒栽蔥，往地板下的洞鑽了進去。

阿哈努確定這裡應該就是布萊恩所提到的「惡魔左手之關節」，或許那個所謂的「希望的星芒」也是在裡面。他吃力地在窄小的管道裡匍匐前進，還深怕越往裡面會越窄小。畢竟以他高大的身形而言，他覺得自己幾乎像是一頭塞在蛇腹裡的大象。

正當他奮力往裡爬的途中，卻發現壁上固定線路的兩個金屬鉤上有些像棉絮的東西，他伸手取了下來放在頭燈下仔細端詳。那是一撮鮮紅色的棉質纖維，他突然想起貝拉蜜在遇害時所穿的，就是這種材質的紅色運動服。

原來貝拉蜜已經早他一步發現了「惡魔左手之關節」！難道她是在這裡找到了什麼，才讓自己引來了殺身之禍？阿哈努的呼吸與心跳頓時加快，因為就在他發現棉絮不到半米的牆面上，有一個兩吋左右的小洞，洞口上還有一塊被硬生生轉開的小銅片，銅片就那樣懸在一顆小小的螺絲上。

阿哈努將燈光照在銅片上，上面的圖案他並不陌生，那是加拿大太空局的官方標誌。當他留意到圓形的標誌上那些十字星芒後，霎時吁了一口長長的氣，他更確定冰雪聰明的貝拉蜜早已尋獲「希望的星芒」了！

他將手指伸進那個小洞裡撈了半晌，卻什麼也沒有摸到。他相信星芒底下的關鍵物是被貝拉蜜取走了！可是，她到底在這小洞裡發現了什麼東西？為什麼布萊恩藏在這裡的物品，會令貝拉蜜招來與布萊恩如出一轍的命案？

阿哈努翻過身半漂在管道裡，陷入了毫無頭緒的沉思。

當阿哈努與星野離開服務艙後，馬上轉往阿爾戈功能艙，因為那裡儲存了太空站上幾個主要區域的監視器錄影存檔。

雖然，他之前針對每位組員的不在場證明，早已來過這裡調閱案發前十二小時的錄影畫面。可是他現在覺得，也許應該將時間點再往前推，也就是確認貝拉蜜進入「惡魔左手之關節」的時間點。

如果他的推斷無誤，或許可從錄影端倪出她從管道中爬出後，到底還帶走了什麼東西？

不過調閱的結果卻讓阿哈努憂喜參半。

他和星野將監視器的時間點回溯到4月12日。那天貝拉蜜大約是在晚上六點半離開費曼實驗艙，並且回到寢層換上那套紅色的運動服。直到七點鐘才進入二號節點艙的健身區，進行例行的肌肉伸展運動，當時巴籍組員拉斐爾也在現場。

七點半，她和拉斐爾交換了運動器材。八點十五分，拉斐爾結束運動離開了健身區，二號節點艙只剩下貝拉蜜一個人繼續在踏步機上運動。

八點半，貝拉蜜結束了運動，正準備往起居艙或用餐區漂去時，卻在穹頂艙口停了下來，她朝裡面探了探頭，然後就緩緩划進了艙內。

十多分鐘後，她從穹頂艙漂了出來，神色有點慌張地往服務艙划去，還和美籍組員藍斯擦身而過。當時是用餐及休息時間，因此服務艙裡剛好沒有人留守。

正如阿哈努的推測，貝拉蜜掀開了艙內西向的那塊帆布地板，一古腦就鑽進了底下的管道。大約十五分鐘後，才再度見到她從地板下爬了出來，並且將帆布地板蓋回去。

阿哈努不斷回放這段畫面，可是卻沒有發現貝拉蜜手中有任何明顯的物品。

八點五十五分，貝拉蜜回到起居艙的寢層，並將寢層的帆布門拉上後，就沒有再出來過，連晚餐也沒有出來吃。

直到凌晨一點多，所有組員都入睡後，她才悄悄地划出自己的寢層，穿過了起居艙、服務艙、二號節點艙，往西面後勤艙通道的方向漂去。

那也是貝拉蜜在監視器存檔中最後的身影。

西面的艙房除了儲藏裝備的LU-1和LU-2後勤艙，還有機密艙房LU-3後勤艙，以及最盡頭的氣密艙。下層則有回收艙和連結東面艙房的三號節點艙。美方基於機密艙房有密碼出入的保全考量，從LU-1後勤艙之後就不再架設監視器，以避免進出LU-3後勤艙的通行密碼，會被監視器一覽無遺。

不過可以確定的是，貝拉蜜應該是進入了LU-3後勤艙，畢竟那也是她後來陳屍的地點。只是阿哈努想不透，她為什麼要在那個時間點來到西面的艙房？又為什麼要將LU-3後勤艙從艙內用密碼反鎖起來？

如果LU-3後勤艙的艙門已經從內部被反鎖了，美籍組員以外的任何人就算有通行密碼，也無法以指紋啟動密碼盤的視窗輸入密碼，更遑論可以進入艙內殺害貝拉蜜。

假設兇手是美籍組員艾登或藍斯，他們的確可以在LU-3後勤艙外，使用緊急密碼打開從內部被反鎖的艙門，然後在艙內殺害貝拉蜜。但是在行兇之後，他們又該如何在離開艙房、關閉艙門後，又從艙內鍵入那一組反鎖艙門的密碼？

阿哈努記得非常清楚，他和艾登發現貝拉蜜遇害前，的確親眼目睹艾登將五根指頭伸進掃描儀裡，才啟動了密碼盤的視窗，他鍵入了通行密碼後，艙門卻完全沒有反應。

從阿哈努當時所站的位置，並無法窺視到密碼盤的視窗畫面，也許上面顯示了艙門是從裡面被反鎖的提示。艾登才會鍵入另一道緊急密碼，從艙外開啟了被內部反鎖的艙門。

他曾經想過，這或許根本就不是什麼密室。貝拉蜜也可能是在西面的任何一間艙房，被任何一個國籍的組員殺害，然後再拖著她的屍體來到LU-3後勤艙外，使用貝拉蜜的指紋啟動密碼盤，再輸入從任何管道竊取來的通行密碼。最後再將她的遺體移進LU-3後勤艙內，製造出密室殺人的假象。

但是沒多久他又推翻了自己的假設。因為同樣的問題又出現了，兇手又該如何在離開艙房、關閉艙門後，還能從艙內輸入反鎖艙門的那道密碼？

「凌晨一點之後，艾登和藍斯都睡著了嗎？」阿哈努喃喃自語。

他和星野對望了幾秒。星野馬上從硬碟調出了起居艙的存檔影片，然後轉著面板上的那只飛梭鈕回放。

「4月12日晚間十一點半，艾登首先回到自己的寢層，十多分鐘後藍斯也爬進了寢層。兩個人的帆布門上分別透著些許藍光，或許是在使用筆電或微型電腦吧？不過快接近十二點前，兩個人的寢層就暗了下來。直到4月13日凌晨一點多，貝拉蜜划出了自己的寢層……」

「先不要管貝拉蜜，繼續留意艾登和藍斯的動靜。」阿哈努的手按著星野的肩膀，聚精會神地盯著起居艙的那兩扇帆布拉門。

星野看著時間軸上快轉的數字，不自覺地唸著：「一點十五分……一點三十分……一點四十五分……兩點整，還是在睡覺……兩點十五分……兩點二十分……等一下，有動靜了！」

阿哈努將臉湊近，仔細看著螢幕上那幾個分割畫面。

兩點二十分，艾登突然拉開寢層的帆布門，手上還捧著一台太空站組員專用的微型電腦。幾秒鐘後，藍斯也划出了寢層，和艾登一同離開了起居艙。

不過，他們並不是朝二號節點艙的西面艙房划去，而是停留在服務艙裡。艾登將手中的微型電腦遞給了藍斯看，然後就漂到工作桌上的筆電前，開始在鍵盤上輸入一連串的按鈕。藍斯也在另外一台筆電上，凝視著螢幕上好幾幅波狀的圖表，還不時回過頭向艾登回報。

「你認為他們在幹什麼？」阿哈努壓了一下星野的肩膀。

星野不以為然地回答：「應該沒什麼吧？通常會出現在太空人微型電腦上的，大多是指令通訊員所傳來的訊息。他們頂多是接收到休士頓的指令，要他們處理什麼數據吧？」

「是這樣子嗎？」阿哈努盯著錄影畫面上艾登和藍斯的筆電螢幕，可是畫質並不是那麼清晰，因此他和星野完全看不出個所以然。

不過，阿哈努的腦中卻隱約泛起一陣極其微弱的味道，感覺上就像是龍爪花被搗碎後，那種令人不愉快的詭譎氣息。

第九章

UTC世界協調時間，二〇一八年四月十六日。

環球太空站，西面艙房。

星野漂浮在空蕩的後勤艙通道內，莫名其妙地盯著氣密艙前的阿哈努，因為他正來來回回在通道上穿梭著。這已經是第六趟了，阿哈努每一趟的表情都有點不一樣，剛開始還是皺著眉頭若有所思，沒多久就開始露出一種自嘲的笑容。

「你難道沒有聽到嗎？」阿哈努不著邊際問了星野一句。

「聽到什麼？」

阿哈努歪著頭說：「一種低頻音，類似……低音大提琴的急促擦音。」

星野停了兩三秒，彷彿正豎起雙耳聆聽，然後才疑惑地搖搖頭：「你聽得到那種聲音？」

「呵呵，當然沒有聽到！不過，第18梯次的太空人田原孝介提到，他有一陣子時常在西面的艙房聽到那種聲音，但是除了他之外並沒有其他組員聽得到。剛開始他還認為是什麼靈異現象，可是這幾年他開始懷疑那可能是某種裝置，在高速運作時所發出的音頻。」

「你知道是什麼裝置？」星野問。

「我目前還不敢確定，因此不能妄下斷語。不過我問你，在每一梯次的太空任務中，透過太空船運上來的部件或艙房，它們的設計圖或裝配圖，除了研發製造的相關太空機構，以及你們這些執行對接工程的太空人需要深入瞭解。其他幾個太空聯盟機構也會收到那些圖紙嗎？」

「基本上，六大太空聯盟機構都會收到新部件的詳細結構圖檔，作為訓練旗下太空人維修與保養那些部件或艙房時的參考。尤其是與該部件連結的其他國家艙房，更會以安全考量去作全盤瞭解。」

阿哈努思索著：「假如有任何國家的太空機構所運上來的部件，與當初所設計的結構有所差異，是否很容易就會被俄羅斯太空船的運輸單位抓包與攔截？或是說……太空人是否有可能挾帶非官方認可的裝置登上太空站？」

「那要看該部件所更動的部分是否過於明顯，如果只是內部機械微調所需要的小變更，那麼俄羅斯的安檢人員也不見得能察覺出來。至於太空人是否可能挾帶什麼非官方的裝置，那則要視那具裝置到底有多大吧？」

「喔……」阿哈努緩緩點了點頭。

星野的語氣有點嚴肅地說：「不過這也攸關六大太空聯盟機構之間的默契與協定，要是任何一方被發現有增設違禁裝置的企圖，肯定馬上就會被其他成員國所譴責，甚至將被迫永久退出這項太空計畫。」

「也就是說，如果某個太空機構在製造部件或艙房時，肯定有些機械或電子裝置需要發包給外包廠商吧？那麼這些廠商就有機會在儀器上偷天換日，不是嗎？」阿哈努的手掌托著下巴，大拇指習慣性地撫著剛長出來的鬍碴子。

「也許吧？不過你問這些幹什麼？」星野問。

「沒什麼，就像我剛才提過的，維特認為伊果在密文中所說的『如天使般發光的外星人』，或是田原所聽到的『低音大提琴的急促擦音』，應該不是什麼天使、外星人或靈異現象，而是那具不該出現在太空站上的裝置所搞的鬼！」

「你是指類似……雷射動能武器？」

阿哈努搖搖頭：「你是００７諜報片看太多了！這年頭除了那類型的摧毀性武

器，還有另一種源於大自然的現象，能達到『不戰而屈人之兵』的野心。」

「大自然現象？」

「星野，現在需要你幫忙了！你去查一下從環球太空站升空以來，所有登站參與過任務的太空人名單裡，到底有多少位是像你一樣，有航太工程或機械工程的背景？請盡量動用你的管道查一下，這些人現在都在哪裡？又有哪幾位仍在從事與環球太空站有關聯的職務？最重要的是，這當中有誰和這幾梯次的太空人聯繫頻繁！」

「喔……喔……好的！這可能需要花一些時間比對，不過我會請JAXA的地勤同事協助過濾。」

「那麼越快越好，你也知道我的太空之旅就剩下沒幾天了。」

星野比了個大拇指手勢後，就逕自鑽進底下的三號節點艙。那座位於下層的節點艙，可以直接穿到東面的艙房，回到日籍組員的朝永實驗艙。

此刻的阿哈努思維逐漸通透，也差不多能將維特所收集到的線索，一片一片拼湊在一起。他隱約猜出在這座跨國合作的太空站上，肯定藏著一具不為人知的神祕裝置。而布萊恩詩中所提到「希望的星芒」，可能也與這個裝置有所關係，它或許就是兩位太空人遇害的原因。

只要能找到銅片背後的那個關鍵物，也許那具不為人知的神祕裝置，和那兩宗密室命案的殺人兇手，應該就差不多呼之欲出了！只不過，那個關鍵物現在到底在哪裡？

他可以肯定兩起命案的兇手當然不是同一個人，更不是什麼模仿犯案！儘管殺人的手法完全如出一轍，可是二〇一〇年和二〇一八年的在太空站上，根本沒有重複參與任務的組員。

唯一能解釋的就是，這兩起命案有幫兇，而背後都是同一位幕後主使者！

他腦中檢索著七位組員的不在場說詞，以及監視器上的錄影存檔，可是完全找不出任何疑點。因為在4月13日中午，太空漫步的前置作業之前，根本就沒有組員前往過氣密艙所屬的西面艙房。

時間再往前推至4月12日晚上十點，也就是太空站組員陸續返回寢層後的時段。

俄籍的尼古拉與瓦西里一如往常，是在俄羅斯的阿爾戈功能艙就寢。瓦西里與妻子視訊了一個多小時，直到凌晨十二點十五分才熄燈入睡。這一點尼古拉也有提到，因為他們夫婦倆打情罵俏的對話，讓他根本無法入睡。

監視器上的錄影存檔顯示，他們兩個人一直睡到清晨六點多起床，直到中午十二點才前往西面艙房，氣密艙的監視器也拍到他們穿戴海鷹太空服的畫面。

加籍的柯瑞和巴籍的拉斐爾，則是在用餐區後段的兩個寢層裡睡覺。柯瑞十一點整就寢，然後一覺睡到天明。而拉斐爾曾經在凌晨三點半起床，划到了一號節點艙上洗手間，不到五分鐘又返回寢層睡覺了。

他們倆都是在清晨六點鐘起床，在盥洗與吃完早餐之後，就依照微型電腦上的指令，各自進入東面艙房的幾個迷你研究艙工作。他們倆則是在艾登的催促下，才於十二點半穿過下層的三號節點艙到西面艙房，在氣密艙裡協助星野穿上艙外太空服。

美籍的艾登和藍斯，則和阿哈努、星野及貝拉蜜一樣，下榻在起居艙的寢層。根據先前的錄影畫面顯示，他們倆在凌晨十二點之間就相繼熄燈入睡了，直到凌晨兩點二十分才突然接收到指令，划到了服務艙工作。

艾登表示，當時他們接獲休士頓的指示後，只是到服務艙啟動人造衛星的訊號埠，大約半個小時後就回寢層睡回籠覺了。他們也是在清晨六點起床，除了盥洗與早餐時間外，兩個人一直都待在服務艙裡工作。

直到中午十二點半，他們才到東面艙房的迷你研究艙，會同柯瑞和拉斐爾穿過下層的三號節點艙到西面艙房的氣密艙。三號節點艙的監視器，也有錄到他們四個人的身影。

至於日籍的星野，可能是隔天要進行第一次太空漫步的任務，因此一直處於非常亢奮的狀態。阿哈努除了曾聽到星野的寢層內，偶爾傳來翻來覆去的細碎聲，甚至還清楚聞到星野認真時，所散發出的那種沸水煮芋頭的味道，整個晚上都充斥在起居艙內。

阿哈努的嗅覺非常確定，星野除了興奮得睡不著之外，完全沒有離開過起居艙一步。星野起床之後，和阿哈努在一號節點艙內盥洗，然後在用餐區吃完早餐後，就依照當天的指令進入朝永實驗艙工作。

監視器的錄影存檔也顯示，中午之前星野都待在朝永實驗艙裡。直到十一點三十分，才回到起居艙與阿哈努到用餐區吃午餐。十二點十分，阿哈努回到起居艙的寢層穿戴上GoPro多功能攝影機，兩個人便穿過服務艙、二號節點艙、後勤艙通道，抵達西面艙房盡頭的氣密艙。

這七位組員在交代自己的不在場證明時，阿哈努完全沒有在他們身上，聞到任何說謊者常會有的紫苑花氣味。如果他們全都沒有說謊，那麼貝拉蜜於凌晨一點多離開自己的寢層，一路前往西面艙房划去後。直到中午十二點，根本就沒有其他組員到過西面艙房！

那麼兇手是如何殺害貝拉蜜？又是如何製造出那間密室殺人案？

＊

艾登和藍斯漂浮在LU-3後勤艙前，對阿哈努的質問面有難色，可是卻堅持不讓他進入那間美方的機密重地。

「休士頓已經說過了，會派鑑識人員與調查人員上來採集證據，在這之前就連我們也不能進入！」說話的是藍斯，他依然重複著那些陳腔濫調的說詞。

阿哈努有點不耐煩地回答：「所以，如果休士頓要等到三個月或半年後，才能將所謂的專業人員送上來，你們就一直不打開這扇門？就連原本該在裡面進行的任務也完全停擺？」

他有點氣不過，順勢將口袋中的迷你平板拿了出來，一古腦兒將螢幕亮在他們眼前。

「最重要的是，你們就甘心在這段遙遙無期的等待中，讓地球上的家人去承受所有媒體對你們涉嫌犯案的報導？」

螢幕上的瀏覽器停留在一頁重大新聞的列表上，上面全是密密麻麻的新聞標題，每隔幾行就會出現艾登與藍斯的名字，字裡行間全是一些言之鑿鑿的聳動字眼。

藍斯看著標題上那些模稜兩可的用字遣詞，雙手不自覺地握起了拳頭，瞳孔裡也閃過了些許憤怒。而艾登則是雙眼無神盯著那只螢幕，彷彿對這幾天世人的質疑與指謫，早已無動於衷了。

「如果你們不願意和我合作也無妨！反正過幾天我返航回地球之後，肯定又會被大批的媒體團團包圍。你們覺得他們最關心的話題會是什麼？當然是你們這兩位嫌疑重大的美國組員嘛！不過話說回來……我壓根子沒有任何調查結果，還真不知道該如何動用我的影響力，來協助兩位向各大媒體辯解喲！」

阿哈努也知道自己的語氣有點像在脅迫，隨之才嘆了一口氣道：「如果你們不讓我進入LU-3後勤艙的理由，只是為了不破壞命案現場為考量，那麼至少可以讓我在艙門外觀察內部的情況吧？就算是為了自己的清白……和妻小兒女們身心上的煎熬著想吧！」

藍斯轉過頭眼神悲憤地瞅著艾登。

沒幾秒後，只見他迅速將手掌伸進艙門旁的掃描儀，螢幕上才緩緩浮現出一只密碼盤。那只密碼盤並不是傳統的十二宮格，而是許多像蜂巢般不規則的五角形按鍵，每一顆按鍵上所顯示的也不是阿拉伯數字，是一般人比較容易混淆的羅馬數字：Ⅰ、Ⅱ、Ⅲ、Ⅳ、Ⅴ、Ⅵ、Ⅶ、Ⅷ、Ⅸ、Ⅹ。

他毫不避諱在阿哈努面前按下了觸控螢幕上的幾個按鍵，一旁的艾登並沒有阻止他。沒多久，那一扇長方形的門才像電梯間似地，由右往左敞了開來。阿哈努對LU-3後勤艙的內部並不是太陌生，只不過如今的艙房少了貝拉蜜的遺體，和那些密密麻麻的紅色血珠。

阿哈努一如自己的承諾，只是漂浮在艙門外環視著內部的一景一物。這個高度與寬度僅有兩米多的空間，看起來類似一個中型連結車廂的大小，左手邊的牆是一面充滿硬碟抽屜的資料庫，上面偶爾閃爍著綠色或紅色的小燈。

右邊的牆面則有一排窄長的工作臺，上面隨興地擺著三台筆記型電腦。這面牆上除了有一些不知所以然的管線與雜物之外，牆面的盡頭還有一套內建式的視訊螢幕，不過從嵌在牆面上的螢幕看來，那一套視訊系統應該是上下顛倒。

當然，在太空站微重力的工作空間內，並沒有所謂的上下左右之分，每位太空人都可以隨自己的喜好，將360度內的任何一面牆當成是地面或工作區。

「原來這裡也有一套內建式的視訊系統？」阿哈努問。

艾登不疾不徐地回答：「這一套系統與公用的視訊系統不同，它是透過美方的通訊衛星傳送與接收信號，而且所採用的是封閉式的閘道通話，並不會被其他國家或火腿族們攔截到通話內容。通常是有高機密的會議時，才會使用到這套視訊系統，與詹森太空中心的任務控制總部通話。」

「喔……瞭解！」

阿哈努發現右邊的工作臺上，還有一具很眼熟的機器：「咦，為什麼這裡還有自己的太空食品加熱器和飲水機？你們不是都在一號節點艙的用餐區吃飯嗎？」

藍斯馬上插嘴說：「也沒什麼特別啦！我們整理資料庫的實驗數據時，有時一待就是好幾個小時，通常都需要盯著電腦螢幕看，直到所有的備份都沒有問題後才能離開。因此前輩組員們才會在艙內放了這台機器吧？如此長時間在後勤艙工作，也不需要為了食物或飲料而進進出出。」

就在藍斯說明的同時，阿哈努的目光停留在盡頭舷窗下的地面。整個艙房只有那一小片地板大約隆起了一吋多，他往上方相對的位置望去，頂上的天花板也隆起來類似的高度。

「舷窗前的地面和天花板，是不是有什麼特殊功用？怎麼看起來和艙房內的其他牆面不同材質？」阿哈努問。

藍斯撇過頭望著艾登，感覺上像在徵詢他的意見。

艾登清了一下喉嚨，才簡而言之地回答：「那邊有一道隱藏式的人造衛星導波儀。」

「導波儀？你是說就像太空站外面那些巨型的天線？」

他點了點頭：「不過LU-3後勤艙內的這個導波儀，只用來連結特定人造衛星……」

阿哈努牽著嘴角笑了出來：「特定人造衛星？就是貴國的間諜衛星吧？沒關係，這已經是許多太空迷都知道的公開祕密了！所以，你們那天起床啟動的人造衛星訊號埠，就是這個隱藏式的導波儀？」

兩位美籍組員並沒有回答，但是也沒有否認。

「我可否有個不情之請，你們能否示範一下如何啟動那個導波儀？我只是想見識見識而已……」阿哈努瞇著一隻眼睛，作了一個拜託的手勢。

艾登和藍斯對望了幾秒後，才仰起下巴示意他可以照辦，藍斯那才轉過身划往服務艙的方向。

當LU-3後勤艙外只剩下艾登和阿哈努時，艾登才低聲地問：「怎麼樣，你是不是發現什麼線索了？」

「線索？我腦中有太多線索了，目前只是在將它們理出一個起承轉合。現在應該只差臨門一腳……或兩腳了！」阿哈努並不想一五一十地回答。

因為，當他見到艾登剛才如此冷靜的表情後，總覺得相對於藍斯那種被誣衊後的悲憤反應。艾登要不就是個訓練有素、不喜形於色的太空人，要不就是心中早已猜出貝拉蜜遇害的內幕。

當藍斯划回後勤艙通道時，手中還多了一台筆記型電腦，他打開螢幕上的某個程式後，便將筆電交給了艾登。艾登在鍵盤上輸入了一串帳號和密碼後，螢幕上便出現一只「Energize」的紅鈕和另一只「Preset」的綠鈕，他選擇了綠色的鈕按了下去。

大約兩秒鐘後，舷窗下那片隆起的地板中央，突然出現一條與工作臺平行的縫，長度大約只有半米多而已。隙縫裡迅速升起一道銀色的面板，一路頂到天花板後，就卡進上方的另一條縫裡。

剛才上下隆起的地板，竟然是兩片可以自轉的基座，它們緩緩順時鐘方向轉動著，那扇銀色的導波儀也跟著轉成了九十度角，剛剛好就面向著舷窗外無垠的星空。

「這就是你們與『特定人造衛星』連結的設備？還真是大開眼界了！」阿哈努的語氣非常興奮，甚至還有些意猶未盡的感覺。

「索西先生，那麼就到此為止吧！我在權限內能夠給你看的，你都已經看過了……我希望這對你的調查有所幫助。」

艾登一面說著，一面在電腦上執行著歸位程序。只見那片半米寬的銀色導波儀，如同影片倒帶似地迅速轉回原位，然後縮回地面上的隙縫裡。

藍斯也隨之將LU-3後勤艙的門關上，從門外輸入了一組密碼之後，才鎖上了那間全球太空迷們曾經傳聞已久的機密艙房。

當艾登早已轉身划回服務艙後，一旁的藍斯才回過頭支吾地說：「索西先生，你返航後請務必轉達媒體，我和艾登真的不可能去殺害貝拉蜜！更無法在犯案後，從艙門外使用艙內的鍵盤輸入反鎖密碼……」他的眼神不經意又流露出那種悲憤與迫切。

阿哈努看著藍斯，拍了拍他的肩膀，很誠懇地點了點頭。

＊

環球太空站，起居艙。

阿哈努和星野攀在貝拉蜜的寢層外，四隻眼睛專注地環視著內部的物品。貝拉蜜的寢層和其他組員沒什麼差別，小小的隔層被一張半漂浮的白色睡袋塞滿著。她的床頭也和其他寢層一樣，有幾片簡易的小隔板，上面插著幾本書籍和一台筆記型電腦，旁邊則有兩三罐漂得東倒西歪的護膚面霜。

「怎麼樣，有沒有看到任何不屬於貝拉蜜的物品？」阿哈努問。

星野搖搖頭：「不確定耶？我之前並沒有探頭看過她的寢層，畢竟不是很禮貌嘛！」

阿哈努索性爬了進去，一手就抓下那台公發的制式筆電。貝拉蜜已經去世幾天了，那台電腦竟然還在待機狀態，就連密碼也不需要輸入就進入電腦桌面了。

他仔細檢視著C槽，並沒有發現任何可疑的檔案，索性就用檔案管理員以時間來搜尋。他將4月12日八點五十五分設為搜尋的起始時間，也就是貝拉蜜從「惡魔左手之關節」爬出來後。再將4月13日凌晨一點作為搜尋結束時間，那是她悄悄划出寢層的時間點。

不過並沒有發現那個時段，有新建過任何檔案或資料夾。

阿哈努好奇地瀏覽著貝拉蜜那幾天的即時通歷史紀錄，上面大多是和一位叫卡洛琳的文字訊息，他猜想那大概是貝拉蜜的同事或閨蜜吧？

他繼續將歷史記錄往下捲，終於發現了一條可疑的記錄。貝拉蜜在離開寢層的十分鐘前，曾經發過兩個檔案給一位暱稱是「77058」的用戶！

阿哈努過濾了貝拉蜜的好友名單，並沒有在上面找到那位用戶，唯一的可能就是貝拉蜜隨後封鎖了那位用戶，或者是對方將貝拉蜜給封鎖了。他馬上將那兩個檔案名稱鍵入搜尋框內，卻沒有在硬碟裡找到那兩個檔案。

那麼貝拉蜜是在哪裡抓取檔案發送出去？那位叫「77058」的用戶又是誰？

阿哈努將筆電放回書架上，開始一吋吋翻看著貝拉蜜的寢層，看看是否有任何行動裝置或外接式硬碟。但是這個比浴缸稍大的空間，根本可以一目瞭然並沒有其他電子用品。

他折騰了半天依然沒有發現任何線索，便順勢用右手扶著地面借力使力，準備划出貝拉蜜的寢層時，忽然覺得壓到睡袋裡的一個小硬塊。他馬上將整個睡袋翻了過來，可是並沒有在底下找到任何東西。他開始用雙手揉捏著睡袋的每一吋，終於發現那個小小的物體是藏在睡袋的內層！

阿哈努將整個睡袋拖出了寢層，和星野兩個人摸索著是否有任何破洞，沒多久就讓他們給找到。原來睡袋的內部有一個小小的暗袋！阿哈努拉開了暗袋上的拉鍊後，從裡面掏出了一只不銹鋼材質的小塊狀。

那只塊狀物體大約只有拇指長短，厚度也只有0.5公分左右。阿哈努翻來看去，又用手指頭推著、轉著，竟然就轉開了那只不銹鋼的小塊。

星野一看到不銹鋼內層轉出來的那個接頭，馬上大聲喊了出來：「是ＵＳＢ隨身碟！」

阿哈努馬上划進自己的寢層，將那只USB隨身碟插到自己的筆電，螢幕上跳出了一個詢問視窗，他點了「檢視檔案」之後，視窗上端端正正列著兩個檔案，檔名就和剛才貝拉蜜在即時通上所發送的一模一樣！

他點擊了其中一個檔案，赫然發現裡面全是密密麻麻的電路圖，另一個檔案則是好幾頁的結構圖與裝配須知。

「你看得出來這是什麼裝置的電路圖嗎？」

阿哈努轉過身，將寢層外的星野拉到筆電螢幕前，只見星野半個身體還懸在外面，眼睛早已專注地盯著那些複雜的電路。他不斷將畫面上下滾動，又切換到另外一個檔案繼續捲著頁面，非常仔細地閱讀著上面的裝配說明。

他的神情越來越驚訝：「這應該就是你說的，那個不為人知的神祕裝置！」

「是什麼？看看是不是和田原猜測的一樣！」

「電—磁—脈—衝—武—器！」星野一個字一個字唸了出來，手指頭還指著某段內文中的三個EMP縮寫字母。

「確定是武器？不是模擬器嗎？」阿哈努問。

星野非常肯定地回答：「從它的MHz低頻分量看來，這絕對不是什麼模擬器，而是一具貨真價實的武器。雖然這可能是十多年前的早期款型，可是已經具備了鎖定單一目標，投以方向性電磁脈衝的強大干擾功能。它的功率足以癱瘓一個國家的網路與電子設備，以及軍方的電子輻射設備和電力動能武器！」

「甚至是……一艘正要返回地球的太空船！」阿哈努倒抽了一口氣。

星野頓時恍然大悟喊了出來：「微笑藥師，你絕對不能搭上伊菲克力斯號返航，不然你和貝拉蜜也會在爆炸中灰飛煙滅！」

原來布萊恩那首叫「顫音」的詩，所指的確實是「電磁脈衝武器」。他或許是在整理LU-3後勤艙的資料庫數據時，無意中在某個硬碟裡發現或還原出這兩個檔案，不過卻因此被殺人滅口。

雖然他有先見之明寫下了那首詩，並且將檔案複製到USB隨身碟裡，藏在非美方所屬的加拿大機械手臂基座內。可是，卻也因此讓解開那首詩謎的貝拉蜜，在發現「希望的星芒」後，和他一樣慘死在LU-3後勤艙內！

如果依照前一起命案的模式，他和另一位返航組員以及貝拉蜜的遺體，勢必也會成為在太空船爆炸案中的罹難者。如此，除了貝拉蜜的死因將成為永遠無法解開的航太懸案，就連他這位愛管閒事的原住民藥師，也可以一併除掉！

就在他們倆陷入一片沉默時，星野腰間的微型電腦突然震了幾下，他馬上抓了起來看著螢幕，然後激動地說：「是JAXA的地勤同事回傳來的比對結果！」

他點了一下觸控螢幕開啟了那則訊息，然後將內容唸給了阿哈努聽。

「天彥，經過多方面的比對與過濾，曾經登上環球太空站的各國太空人名單中，具有航太工程與機械工程背景的共有48位；現在仍在六大太空聯盟機構中任職的則有27位；而職務與環球太空站有關係的只有3位；這三個人當中，與目前太空站上的組員熟識，而且聯繫頻繁的就剩下一位而已。以下就是這個人的完整資料。他的姓名是……」

星野臉上的表情突然僵住，馬上將螢幕遞給了阿哈努，讓他自己去看。

阿哈努看到那個名字後，並沒有像星野那般驚訝。他仔細閱讀著那個人鉅細靡遺的生平資料，反而越看越覺得茅塞頓開，還漸漸地笑了出來。

他拿出口袋裡的迷你平板，在螢幕上鍵入那個名字，後面還跟著「美國創衛黨[61]」幾個字。他將那則訊息傳給了結盟部落的幾位長老們，也代表「伊努克休柯」的狩獵任務，又有了新的追捕目標！

「如果我想平安返回地球，就勢必要將這個人，不……是這一大群人全都揪出來！」

阿哈努說完後，突然將手中的平板輕輕往空中一拋，看著它在微重力中緩慢地旋轉著。然後一派輕鬆地說：「Hoshino San，我想，我們已經破案了！」

61. 美國創衛黨（American Creative Defense Party），作者虛構的美國政黨，全名：美國創造防衛黨。

第十章

UTC世界協調時間，二〇一八年四月十八日，清晨十一點十分。

環球太空站，南面艙房。

當阿哈努從起居艙划入服務艙時，太空站上的七位組員早已聚集在艙內，有些人正聚精會神盯著自己的筆電；有些人則是在一旁閒聊著。

阿哈努漂到藍斯和星野身邊，低聲地問道：「你們那邊的兩條通訊接通了嗎？」他們兩人不約而同點了點頭。

一旁的尼古拉也回過頭說：「我這邊的視訊也連上了，目前正在待命狀態。」

阿哈努划到服務艙的角落，將那台GoPro和三角架固定在地面的固定桿上。鏡頭的角度剛好就對著艙內的組員們，以及牆面上的三個視訊畫面。

艾登在艙房的另一端朝他揮了揮手，又比了一個Okay的手勢，然後就對著麥克風說：「休士頓，休士頓，這裡是環球太空站，請準備進行視訊與音訊的檢測。」

幾秒後，擴音器裡傳來指令通訊人員的聲音：「環球太空站，我們這裡的接收情況良好，畫面與聲音都很正常！」

「我這裡也聽得非常清楚，歡迎加入環球太空站的視訊！」艾登回答。

他向阿哈努點了點頭，示意可以開始說話了。

阿哈努緩緩划向服務艙的中央，對著視訊畫面非常有精神地喊著：「早安，休士頓！非常歡迎各位撥冗加入我們在太空站上的『解謎大會』！」

畫面中有四位指令通訊部門的人員，他們頓時滿臉疑惑，還彼此交換了眼神。其中一位戴黑邊眼鏡的男子問道：「索西先生，我們並不是很瞭解你的意思？」

阿哈努這才微笑地回答：「我今天之所以邀請站上的七位組員，與休士頓的各位列坐開會的目的，就是要向大家公布貝拉蜜・羅賓森教授命案的調查結果。」

此時忽然傳來另一位男子的聲音，嗓音低沉且沙啞：「我們已經轉達給站上的同仁，美國太空總署會委派專業人員上環球太空站進行鑑識。索西先生大可不必勞師動眾，作那些沒有法律效力的調查吧？」

說話的是湯瑪士・卡林，也就是詹森太空中心任務控制總部「FCR 1控制室」

的指揮官。

「卡林嗎？唉呀，真是好久不見！我想無論我進行的調查有沒有法律效力，應該是要交給全球的媒體、六大太空聯盟機構，以及它們所屬的十五個成員國的納稅人來評斷吧？這並不是美國太空總署或者你和我說了就算數喔！」

卡林並沒有反駁，不過臉色並不是很友善。

阿哈努手中握著無線麥克風，順勢划到了GoPro所在的位置：「不過呀，既然要讓媒體和觀眾有知的權益，這個解謎大會的整個過程，也將會透過我的多功能攝影機同步錄影，並且即時轉播到地球上。當然，為了證實我的調查有所可信度，我也會邀請幾位神祕嘉賓陸續出場喲……」

他的話都還沒有說完，休士頓的幾位指令通訊人員已經開始交頭接耳。就在這時，FCR 1控制室裡又走進好幾位穿著西裝和軍裝的中年男子，只見卡林馬上畢恭畢敬起身，招呼他們坐入身後的幾張椅子上。

那幾位男子臉色鐵青，其中一位還不耐煩地揚起手示意卡林繼續進行視訊。從他們從容不迫的態度看來，顯然是比卡林高階的美國太空總署或詹森太空中心的主管與官員。他們並沒有坐下來，只是站在那幾位指令通訊人員的身後靜觀其變。

阿哈努沒去在意FCR 1控制室裡出現的變化，只是自顧自的繼續道：「不過，在我開始講解案情之前，我想先說一個故事……」

他此話才一出，就已經瞄到視訊畫面上幾位官員翻了個白眼，然後將手環抱在胸前。

「這個故事要回溯到上個世紀的八十年代，也就是一九八三年三月二十三日美國前總統隆納·雷根的電視演說。我不敢確定還有多少人記得，那一場著名的『戰略防禦倡議[62]』演說？如果我提及它又被稱為是『星戰計畫[63]』，許多人應該就不陌生了吧？」

服務艙內有幾位組員點了點頭。

「索西先生，你提這些已經離題了！這些都是冷戰後期的陳年舊事，那項計畫進入九十年代後就已經宣布終止了。現在再重提這段歷史，有點像在挑撥美俄雙方目前良好的航太合作關係！」說話的是一位頭頂有點禿的矮胖男子。

阿哈努認出他是環球太空站計畫中，代表美方的其中一位航太總監。

「也許那的確是一樁陳年舊事，無論那項計畫是否真如美國中情局曝光的密件所言，只是美國政府為了拖垮當時的蘇聯，才設局引誘對方將更多的經費投注在國防與航太計畫上，導致蘇聯政體走向瓦解的命運……」

阿哈努刻意划到那七位組員所在的位置後，繼續道：「但是當年英國、義大利、西德、以色列、日本……等，都曾在美國的要求下參與過星戰計畫。就連雷根所屬的共和黨[64]成員也都積極推動過知名的X-30或X-33系統計畫。因此，當一九九四年星戰計畫宣布終止時，那些曾經投注過十多年心血研究與推動的團隊，會是怎麼樣的一種心情？」

他環視了身邊來自各國的太空人，和視訊畫面上FCR 1控制室裡的人員：「當然是非常憤慨！尤其是處心積慮推動星戰計畫的共和黨元老們。因此，在那項計畫被終止之後，有少數黨員心生不滿而萌生退意，並且另外籌組了一個全新的黨派！」

「這些人表面上是因理念與共和黨背道而馳才退黨，暗地卻是為了實現自己的

62. 戰略防禦倡議（Strategic Defense Initiative / SDI）。
63. 星戰計畫（Star Wars Program）。
64. 共和黨（Republican Party / GOP）。

星戰計畫，而繼續吸收與培育航太及機械工程的精英，並且將他們部署在各個官方機構。而這個黨派就是許多人都聽過的『美國創衛黨』！」

另一位穿著西裝的銀髮官員馬上喝聲：「你的這番說詞完全沒有根據，這對該政黨已經構成了污衊與毀謗，請你謹慎斟酌用字遣詞！」

「喔，是嗎？」阿哈努深呼吸了一口氣，看著手中迷你平板上的文檔：「根據我手中的官方資料顯示，二〇〇六年六月環球太空站建構的初期，第五梯次登上太空站執行後勤艙對接任務的組員，就有一位是創衛黨的黨員。很巧合的是在第八梯次、第十梯次、第十三梯次、第十五梯次……都陸續有這個政黨的成員登站。」

「我想請問各位官員們，那麼小的一個新興政黨怎麼會那麼剛好，有這麼多優秀的航太人才？而且還在短短的幾年內全都被送上了環球太空站？難道各位從來沒有思索過這個問題？」阿哈努停了下來，雙眼狠狠盯著視訊畫面上方那只攝影鏡頭。

視訊裡的幾位官員與指令通訊人員，全都屏息凝神沒有人回答得了那個問題。

「容許我作一個大膽的假設。假如那幾梯次的創衛黨太空人，早已在一次次太空任務中，將挾帶在幾座後勤艙部件中的零件，一批批暗渡陳倉運上了環球太空站。最後再以接力的方式將那些分散的零件，組裝成了一具有高危險性的防禦武器，有沒有可能？」

那位矮胖的航太總監氣急敗壞，幾乎是咆哮地喊了出來：「你所說這些全部都是你的猜測，完全沒有任何證據，怎麼可以就此危言聳聽？我們對每一座要送到俄羅斯升空的部件，全都經過嚴密的安檢與掃描，絕對不可能會有任何不該出現的多餘零件！」

「噢，你確定嗎？」阿哈努睜大了眼睛佯裝出驚訝的表情。

他順勢舉起了手中的迷你平板說：「那麼這些不屬於太空站上的電路圖和裝配圖，又怎麼會出現在這座太空站上？而且我們已經按圖索驥找到了這個裝置的所在位置，也就是在美方的後勤艙通道底下！」

一旁的星野插了嘴說：「這兩個檔案剛剛已傳到FCR 1控制室的信箱了，請查收。」

那位戴眼鏡的指令通訊人員愣了一下，馬上低下頭在電腦上操作著。沒幾秒後，幾位官員都探過頭仔細端詳著電腦螢幕。

「這怎麼可能！這種東西怎麼會出現在環球太空站上面？」那位航太總監喊了

出來，而另外兩位有機械工程背景的官員也露出驚訝的表情。

阿哈努依然是一派優閒地說：「沒錯，在這座由十五個國家所合資建構的太空站上，美方所建構與對接的後勤艙通道裡，居然藏著一具足以癱瘓任何國家國防系統的『ＥＭＰ電磁脈衝武器』！」

除了FCR 1控制室裡的幾位官員仍是驚魂未甫，就連在服務艙內不知情的幾位組員也震驚不已。

「現在還有哪一位官員要為那個政黨辯解嗎？」

阿哈努將迷你平板上拍攝到的電磁脈衝武器照片，一張一張刷給視訊上的官員們看。那是昨晚他和星野依照電路圖和裝配圖上的說明，所找到的ＥＭＰ藏匿地點。

也就是後勤艙通道中段的地板底下，當年田原孝介時常聽到低頻音的所在位置。

「當然，我並不是第一位發現這具電磁脈衝武器的人，而是第十七梯次的組員布萊恩・豪威爾博士所發現的！他或許是在整理LU-3後勤艙的資料庫時，無意中還原出這兩個被刪除的檔案。但是非常不幸的，他在發現這個祕密之後，就被殺害身亡！」

那位穿著西裝的銀髮官員馬上反駁：「你在說什麼跟什麼？豪威爾博士明明是在伊菲克力斯號的爆炸案中殉職的！」

另外幾位西裝男也喃喃自語附和著，還露出一種無庸置疑的神情。

「唉呀，關於這一點，各位官員們就不需跟我費口舌啦！還是直接向我的兩位神祕嘉賓，再重複一次你們剛才的說詞吧！」阿哈努看了尼古拉和星野一眼，示意他們開始動作。

沒多久，只見原本在他們電腦上的兩個視訊畫面，突然跳上服務艙上方的另外兩個螢幕上。這兩個畫面顯然也同步出現在FCR 1控制室的螢幕上，因為在場的幾位官員全都傻眼了。

視訊上分別是俄籍的尤里・安東諾夫，和日籍的田原孝介。

畫面上的尤里慢條斯理地說：「等了這麼久，終於輪到我們說話了呀？關於豪威爾博士的死……」

尤里的話都還沒有說完，那位銀髮官員早已插嘴堵住了他：「安東諾夫議員，請你謹言慎行，你與六大太空聯盟機構簽署過太空人的保密條款！」

尤里咬了一下嘴唇，表情非常不悅地回答：「什麼太空人的保密條款？應該說是太空站謀殺案的保密條款吧！」

他的話才落下，服務艙內的幾位組員早已一片譁然。

「當初，要不是你們以維護這項跨國航太計畫的長遠聲譽為由，脅迫六大太空聯盟機構，要我們簽下那一紙保密條款。我們也不會作出那種違背良心的事，現在甚至禍延另一位女太空人也遇害了！」

尤里的眼神堅定看著攝影鏡頭，彷彿正直勾勾地瞪著FCR 1控制室的每一位官員。

另一個畫面上的田原也接口：「我想說的是，假如你們當初所說的榮譽感，背地裡卻只是為了要隱瞞一起慘絕人寰的謀殺案，那麼這種榮譽感我寧可不要了！因為這麼多年以來，我只要一想到布萊恩和他那些被蒙在鼓裡的親人們，我的良心就不斷地煎熬著！」

田原激動地快說不出話來，不過還是壓抑著情緒繼續道：「我和尤里在此聲明，布萊恩・豪威爾博士的確是死於環球太空站上。也就是這八年以來，我們一直幫著隱瞞已久的第一起LU-3後勤艙的謀殺案！」

那位銀髮官員幾乎是咬著牙說：「你們所謂的真相完全是信口雌黃！一派胡言！你們違反了當初所簽訂的條款，我們就等著國際法庭上見吧！」

尤里突然非常戲劇化地大笑了出來：「你們這些官員的話，去騙騙三歲的小孩還有可能。我和田原今天所聲明的要是全是謊言，那麼又何來的違背保密條款？除非我們剛剛所講的全是你們想隻手遮天的真相，才能構成違反保密條款嘛！」

FCR 1控制室裡沒有一位官員敢再開口，因為他們深知自己所說的每一句話，都將隨著阿哈努的即時轉播系統呈現在世人眼前，甚至有可能成為日後的呈堂證供。

「況且，我身為俄羅斯國家杜馬下議院的議員，自認為在我的良心發現後，坦蕩蕩地揭發你們所極力隱瞞的布萊恩命案真相。我不相信會被哪裡的法庭給定罪，你們直接找我的律師團來告吧！」

阿哈努接著說：「雖然另一位也簽署過保密條款的瑞典籍太空人，也就是阿尼•勘斯瓦教授不克參與這次的視訊會議。但是，他也透過安東諾夫議員，發出了相同的書面聲明稿。」

他揚了揚手中兩張列印的紙頭，頁尾還有阿尼的親筆簽名。

「我們今天在這裡，是要抽絲剝繭解開貝拉蜜•羅賓森教授的命案疑雲。只不過要破解貝拉蜜的密室命案之前，就必須先解開布萊恩的密室命案。因為這兩起命案的手法一模一樣，不……我應該說是師出同門，完全是同一位大師所下的棋。」

阿哈努順手從口袋掏出了一件物品，不過卻緊緊地握在掌心裡，才繼續道：

「我剛剛說過，布萊恩在得知那具電磁脈衝武器的祕密後，就莫名其妙在LU-3後勤艙遇害了。兇手可能認為只要殺人滅口之後，再想辦法將那兩個檔案毀屍滅跡，那個祕密就能夠繼續保持下去。殊不知，布萊恩早已將那兩個檔案備份到自己的USB隨身碟裡！」

他打開了手掌，展示著那只不銹鋼的USB隨身碟。

「他將這只隨身碟藏在加拿大機械手臂裡，並且把藏匿地點寫成一首叫『顫音』的詩，寄給了自己的女兒。我和當年俄籍組員伊果的兒子維特，非常巧合都透過布萊恩的女兒取得了那首詩，也無意間將那首詩透露給星野與貝拉蜜，卻提前被貝拉蜜解讀出含意，找到了這只隨身碟裡的兩個檔案，進而遇害！」

阿哈努停了幾秒，快速掃視了太空站上的每一位組員和視訊畫面。

「現在我們就進入命案的關鍵。這位兇手與幫兇是如何在LU-3後勤艙內，殺害了布萊恩和貝拉蜜後，再將現場佈置成微重力的密室？」

巴籍的拉斐爾納悶地問：「你是說有兇手又有幫兇？剛才不是說只有一位嗎？難不成你認為我們這些組員，全都是共犯結構體！」

「這該怎麼解釋呢？我拿之前常聽中國朋友講過的兩句話來舉例吧！那就是『Although I did not kill Boren, Boren died because of me』。」

星野馬上恍然大悟，還用日語默唸著那兩句從大河劇裡學來的《資治通鑑》名言：「吾雖不殺伯仁，伯仁由我而死！」

「我相信兇手第一次犯案時，可能並沒想到會變成一起所謂的密室命案。布萊恩的確是死於被自己反鎖的LU-3後勤艙內，只不過是太空站上的結構與設備，因緣際會讓命案現場變成了密室。經過第一起的命案之後，兇手才更有恃無恐以相同的方式殺害了貝拉蜜。」

「既然兩起命案的艙門，都被死者使用艙內的密碼反鎖著，那麼又有誰能夠進入裡面殺害他們？我們這些非美方的太空人更不可能吧？」加籍組員柯瑞問道。

阿哈努笑著說：「沒錯，這也是我剛開始的盲點，一直在指紋掃描儀和艙內艙外的兩組密碼盤上打轉。但是卻忽略了我們在這些高科技的儀器上找線索，卻同時也被它們給耍了。在這座尖端科技的太空站裡，有太多事物並不需要親臨現場，照樣能夠遵從我們的指令行事……」

「你是指……遠端遙控！」兩位俄籍組員不約而同喊了出來。

阿哈努點了點頭回答：「沒錯，就是利用遠端遙控！而且我相信兇手也是因為有過那種幾乎讓他喪命的經驗，才會發現了這樣的謀殺模式。」

星野有點不解地說：「如此說來，現今這種高科技時代，什麼都可以透過網路來遠端控制。無論是從辦公室開關家裡的燈具或冷暖氣，在家中遙控辦公室的電腦或設備，就連外出都可用手機來餵養寵物。這樣……那些所謂的密室不就絕跡了嗎？」

俄籍的瓦西里也問道：「我無法理解的是，就算兇手可以遠端遙控，又該如何知道在哪個時間點下手呢？畢竟他根本就不在被害人身邊呀。」

「好，我先請各位太空人回答一個問題。假設你是布萊恩，當你發現環球太空站上有一具電磁脈衝武器時，你第一時間會與誰討論？」

「當時輪任的指揮官吧？」藍斯說。

尼古拉則回答：「本國的組員呀！」

阿哈努想了一下，才說：「假如你並沒有同國籍的組員，或者也不是很信任對方，而輪任指揮官又與你來自不同的太空聯盟機構。你會將自己國家所屬的後勤艙通道，藏有電磁脈衝武器的事情，透露給這些人嗎？那麼你會去詢問誰呢？」

星野毫不猶豫地說：「所屬國家的太空機構和指令通訊部門！」

阿哈努雖然沒有去留意視訊中的那幾位指令通訊人員，但是他相信那些人此時應該都是正襟危坐著。

「的確，我個人肯定是會連絡自己國家的指令通訊主管，並且會在比較隱密的艙房向他回報或詢問，譬如像是……LU-3後勤艙這類的地方！」阿哈努緩緩用餘光瞄著視訊畫面。

「索西先生，你這分明就是在含血噴人！我們沒必要再聽你這種無的放矢的調查結果！我宣布這場荒謬的會議就此打住！」那幾聲怒吼來自FCR 1控制室的指揮官卡林。

他的太陽穴浮起了青筋，雙眉上的那道疤痕更因暴怒，彷彿正張牙舞爪著。

那位矮胖的航太總監突然開口：「誰說可以結束的？我倒想聽聽這些年以來，

到底是何方神聖將這項國際性的太空計畫搞得如此烏煙瘴氣，並且陷美國太空總署於不義！索西先生，請繼續說下去。」

阿哈努禮貌性地點了點頭，然後將目光停留在視訊上：「卡林上校呀，這實在是很詭異喔？我剛才提到創衛黨的時候，你竟然連一個字都沒有吭過半聲，就任由我這麼個加拿大老百姓誣衊你的政黨？可別告訴我你不是創衛黨的黨員吧？我昨天才派人確認了你的背景資料，應該不至於會錯得太離譜吧？」

卡林頓時面紅耳赤，卻仍然理直氣壯地回答：「那已經是二十多年前的事情了，我現在和他們根本沒有任何瓜葛！」

「真的沒有瓜葛嗎？」

阿哈努滑著迷你平板上的另外幾組照片，洋洋得意地說：「這是第八梯次、第十梯次、第十三梯次、第十五梯次……創衛黨的太空人，另外這些則是你與他們在不同家庭聚會中的合照。哎呀，你可能會辯解大家都是美國太空總署的同事，這種照片稀鬆平常不足以為奇啦！那麼這幾張呢？」

阿哈努將刷照片的速度放慢，畫面突然停在一位坐輪椅的長者。那位老人家穿著一套宴會式的緞面黑西裝，頭上卻突兀地戴著一頂手工精緻的皮革牛仔帽。而卡林和其他幾位中年男子，則畢恭畢敬站在這位長者的身旁。

「這幾年來，每一屆創衛黨的建黨派對，你可是一次也沒有錯過。你與該政黨的黨魁，也就是德克薩斯州參議員之一的昆西老爺子的合照，在網路上也不難搜尋得到，你卻說已經和他們沒有瓜葛了？我猜想，你能成為第五梯次登上環球太空站的美籍組員，昆西老爺子應該也費了不少心力吧？」

卡林不發一語。但是太空站上的組員們全都震驚無比，因為根本沒有人記得這位FCR 1控制室的指揮官，竟然也曾經是一位太空人。

阿哈努繼續道：「讓我再作一個大膽假設。二〇〇六年間，該政黨透過佈署在美國太空總署的人員，勾結了委外的科技儀器廠商，在當時準備運往俄羅斯升空的後勤艙部件內，置入了一些不該出現的零件。它們應該是被打散後，安裝在整條通道內不同的區塊。」

「而你在第五梯次太空任務中，表面上是執行美方後勤艙通道與二號節點艙的對接任務。暗地裡卻依照那兩份電路圖與裝配圖檔，卸下了所有被打散的零件重新組合在一起，而成為那具電磁脈衝武器的原型！至於後續幾梯次的創衛黨太空人，亦是依循這種模式，將更新的組件挾帶上太空站，不定期地進行升級。」

卡林冷冷地說：「你說這些都是無憑無據的假設，如果沒有任何證據就不該空口說瞎話！還是你根本只想引起媒體的關注？」

阿哈努笑了出來：「我旗下就有自己的電子媒體公司，哪還需要搞這種宣傳把戲嘛？我倒是忘了告訴你，我們昨天尋獲那具電磁脈衝武器時，還發現了好些精彩的小東西喲！雖然那具裝置才不到40立方公分，可是我們卻在上面採集到好幾枚沾著油漬的指紋。我只要將那些指紋影像傳給貴國的中情局，應該就能馬上查出是哪些人了吧？」

卡林這會兒完全笑不出來了。

他身後那幾位太空總署和太空中心的官員，則是各個表情凝重地瞪著他。這種內部人員聯合政黨搞窩裡反的惡行，已經足以讓他們被其他五大太空聯盟機構所嘲諷與譴責了！

阿哈努盯著卡林的臉，然後話鋒一轉：「你額頭上的那道疤痕，應該也是在那次太空任務期間受傷的吧？我猜猜看是在哪個艙房呢？啊，肯定是在LU-3後勤艙吧！」

當每個人的目光都停留在卡林那道醜陋的疤痕時，他迅速將臉撇到一旁。過往那種如孔雀般的盛氣凌人，此時早已蕩然無存。

「在布萊恩無意中發現了那兩個電腦檔案，並且循線確認了那具裝置存在後，便毫不知情將狀況回報給你，希望你能上報給美國太空總署處理。不過，你應該是以通訊機密為由，將他騙到了LU-3後勤艙內，並且請他將艙門反鎖起來，避免被另一位美籍組員誤闖。他依照你的指示，使用艙內的封閉閘道視訊系統與你通話，或許你無法說服他或買通他，因此才萌生了殺意！」

「我當時遠在地球的這一端，又怎麼可能對太空站上的他動手？」卡林低著頭幾乎像在喃喃自語，可是一字一句卻像是從他的齒縫裡迸出。

阿哈努點了點頭：「這也沒錯！因此你才一邊和他視訊，一邊在電腦上發了一則指令，到另一位美籍組員雅各的微型電腦上，請他使用服務艙的電腦啟動那台鎖定『特定衛星』的導波儀。那時候已經是凌晨時分，太空站上所有組員都還在就寢，雅各並不認為LU-3後勤艙裡會有人，而忽略了潛在的危險。接下來的事情卡林上校應該很清楚，因為你自己就曾經親身經歷過！」

「美方的艙房竟然有自己的衛星導波設備？」柯瑞噓了一聲。

「當時，布萊恩肯定是在艙房盡頭，以內建視訊系統與你通話。在微重力空間內『上下左右前後』六個牆面都可以工作，可是他配合視訊系統上下顛倒的位置，必須以頭下腳上的姿勢漂浮著。當雅各在服務艙啟動設備後，導波儀迅速從地面竄出，就像一座反向的斷頭台，剛好擊中在他的天靈蓋上。根據尤里與田原協助地面醫療小組掃描布萊恩遺體時，他的頭頂的確有一道極深的撕裂傷口，腦門的頭蓋骨也有碎裂的痕跡，那些都是近距離與導波儀瞬間撞擊所造成的……」

那位矮胖的航太總監憤怒地踹了卡林的座椅，隨之將他從位置上揪了起來，大聲地喊著：「原來你當年也是這樣受傷的！可是卻壓根子沒有回報給我們改進，竟然還將導波儀當成是你日後行兇的工具！」

阿哈努接著說：「你可能就那樣透過視訊畫面，冷冷地觀賞著布萊恩死去，看著他暈厥後的軀體和不斷滲出的血珠，漂浮在LU-3後勤艙內漸漸死去。然後才發了一則關閉裝置的指令給雅各，看著導波儀歸位之後，才切斷了視頻畫面。」

當阿哈努敘述布萊恩的死亡過程時，艾登與藍斯的臉色早已震驚無比。因為，他們也曾在凌晨兩點多接過卡林上校的指令，以鎖定特定人造衛星為由，命令他們啟動LU-3後勤艙的導波儀。

「八年後，你也以同樣的手法，殺害了發現隨身碟與電磁脈衝武器的貝拉蜜。她即時通上代號『77058』的使用者是你吧？你應該是用詹森太空中心的郵政編碼TX 77058取的暱稱吧？你當然可以否認，但是就算你殺害貝拉蜜後封鎖了她，硬碟裡還是留存著你們之前的文字對話，這只要花點時間就可確認是不是你了！」

他又故作神祕地說：「我想不透的是，她怎麼會在即時通上丟文字訊息給你，還將那兩個檔案傳給你過目？你堂堂一位FCR 1控制室的上校主管，平常應該和貝拉蜜沒有那麼多交集，怎麼會出現在她的即時通上呢？」

阿哈努雙眼望著服務艙的天花板，彷彿在向天堂裡的貝拉蜜聊表歉意：「也許，我不該揭露死者生前的隱私，但是這攸關案情的釐清，我有必要質疑……你該不會就是貝拉蜜生前……那位有婦之夫的情夫吧？」

卡林的瞳孔頓時縮小，緩緩轉過頭看著視訊裡的阿哈努，雙眼充滿了無法理解的神情。就像在問：為什麼連這種事你也知道？

「好了，你不需要回答我，大家已經可以從你的眼神猜到答案了！你可能是拗不過貝拉蜜追根究柢的性格，或是對那樁婚外情有所厭倦？才會決定一不作二不休，同時將那位發現電磁脈衝武器的女太空人，和一直憧憬你會離婚與她步入禮堂的情婦，一。併。解。決。掉！」

阿哈努漂到艾登和藍斯身後，將雙手扶在他們倆的肩膀上：「你再度使用殺害布萊恩的手法，將貝拉蜜騙到LU-3後勤艙，並且請她將艙門從內部反鎖。當你們使用艙牆上的內建視訊系統通話時，你同樣發給美籍組員一則啟動導波儀的指令。就那樣透過毫不知情的幫兇，同時解決掉了多管閒事的女太空人，和麻煩的婚外情女子。」

藍斯激動地挺直身子，對著視訊上的卡林咆哮：「你太可惡了！不但設局讓我們幫你殺人，這幾天我們被媒體指責為嫌疑犯時，你卻沒有積極幫我們澄清過！」

一旁的艾登拉住了藍斯，默默低下頭拍了拍他的背安撫著。

此時此刻的艾登也不好受，因為當時是他的手指頭按下了那只「Energize」的紅鈕，才誤殺了LU-3後勤艙內的貝拉蜜。原來，他事事聽命的FCR 1控制室指揮官，所發給他的竟然是劊子手行刑的指令！

阿哈努突然想到了什麼，對著視訊上那幾位主管和官員說：「我想你們應該馬上封鎖卡林上校的辦公室和居所，找到那個EMP的『地面控制裝置』。它或許只有筆電那般大小，卻可以透過人造衛星的閘道，連結到LU-3後勤艙的導波儀，然後執行太空站上的那具電磁脈衝武器！」

那位銀髮的官員馬上仰起下巴，示意身旁的兩位西裝男照辦，隨之也拿出手機撥了幾通電話發號施令。

「我們甚至可以合理懷疑，當年卡林或創衛黨人員就是以強大的電磁脈衝武器，癱瘓了返航中的伊菲克力斯號，造成了太空船爆炸失事的假象。如此不但布萊恩的遺體無法化驗出死因，就連雅各曾經啟動過導波儀的種種證詞也灰飛煙滅了！我相信卡林上校本來也想故技重施，卻半路殺出了我這個程咬金！不是嗎？」

阿哈努朝著視訊上的攝影鏡頭擠了一下右眼，俏皮地說：「只不過我哪會那麼容易被搞死？有太多舒斯瓦普族的祖靈在守護我呢！」

卡林咬牙切齒狠狠瞪了阿哈努一眼：「你以為布萊恩‧豪威爾是什麼善類？放屁！當他猜出那具電磁脈衝武器和我有關係時，從頭到尾都在威脅我……要我們付他一筆遮口費！他根本就是死有餘辜！死有餘辜！」

「所以，為了一個圖謀不軌的政黨，你連那位曾經深愛過你的女子，也可以如此痛下毒手？難道她也是死有餘辜嗎？」阿哈努不屑地喊了出來。

就在卡林瘋狂地舉起身旁的器材，想往控制室的攝影鏡頭砸去時，馬上被幾位聞訊趕來的ＣＩＡ幹員給制止住，還迅速將他戴上手銬用力拖了出去。

卡林額頭上的那道疤痕充著血，彷彿像一條掙扎中的蜈蚣，不斷在他兇狠的臉上竄著。他雖然被兩名大漢壓著架走，仍然狂妄地咆哮怒吼。

「阿哈努‧索西，你就算毀掉一個我，創衛黨還有成千上萬個我！他們不會放過你的！他們不會放過你的！我們絕對會再捲土重來……」

控制室裡恢復了以往的平靜，可是卡林低沉的嘶喊聲，依然迴盪在長廊上。

當視訊畫面中只剩下那幾位主管和官員時，阿哈努才語重心長地說：「你們剛才質問過卡林上校，為什麼被LU-3後勤艙的導波儀傷及頭部後，卻完全沒有回報給美國太空總署改進？他當然不能回報！那時他可能好不容易才將導波儀改裝成功，讓他的地面控制裝置可以直接透過人造衛星，連上導波儀來操作太空站上的電磁脈衝武器。他怎麼可能會讓你們更換導波儀，而壞了所有的計畫！」

剛才還趾高氣昂的銀髮官員，此時竟然語氣謙和地回答：「索西先生，我們真不知該說些什麼，你為我們揪出了這麼個窩裡反的恐怖分子、殺人兇手！也還給美國太空總署一個清白，讓我們對其他五大太空聯盟機構也有所交代。真的非常感謝你……」

阿哈努馬上搖了搖手，大聲地喊著：「千萬不要謝我！你們該感謝的是這位維特・托夫斯基先生！」

他順勢舉起藍斯手中的那台筆電，畫面上正是維特的視訊影像。原來，他從頭到尾都在聆聽著這場解謎大會。

「要不是維特滯留在美國的期間，費心收集到許多線索，我也無法在太空站上抽絲剝繭釐清所有的疑點！對了，還要麻煩你們美俄兩方的太空機構，能夠大人有大量讓維特可以將功贖罪，順利返回莫斯科繼續為航太工程盡心盡力！」

幾位官員都不約而同點頭表態贊同。

視訊中滿臉鬍碴的維特更是感動不已，還不斷向阿哈努說著：「謝謝……謝謝你，幫我解開了父親死亡的真相！」

「快別那麼說！只不過有件事要讓你失望了。我詢問過幾位科學家，你父親所見到的那種光團現象，的確是早期電磁脈衝裝置運作時會偶發的現象。」

「我瞭解，田原先生也有在信中提到。」

「創衛黨經歷了電磁脈衝武器，差一點就被布萊恩公諸於世的危機後，可能有將近八年沒有再啟動過那個裝置，最後一次的任務就是癱瘓返航中的伊菲克力斯號。那就是為什麼在爆炸案之後，田原就沒有再聽到那種低頻的聲音，也沒有人再見過那些『如天使般發光的外星人』現象。」

阿哈努突然停了下來，才接著道：「我想關於太空船爆炸案的實情，以及布萊恩的死亡真相，還是由你去向布瑤說明吧！反正你現在已經是自由之身了，那麼就再去一趟西雅圖吧！」

維特點了點頭：「會的，我一定會當面向她道謝。」

「唉，不過……沒有找到真正出現在禮炮七號上的那些外星人，我還真是讓所有太空迷都大失所望了呀！」阿哈努可能是腦神經頓時都鬆懈了下來，才忽然那麼無厘頭的大喊了出來。

被他那麼一說，維特也抓了抓頭笑了出來：「沒關係，總有一天人類還是會找到那些神祕的外星生命體！」

一旁的星野也湊了過來，在阿哈努的耳邊嘀咕著：「難怪你之前完全嗅不到殺人兇手的氣味，原來他根本就遠在海拔三百多公里之下的地球呀！」

阿哈努和星野擊了個High-Five後，指了指自己的鼻子，然後又將食指放在唇上，輕聲地喃著：「噓，現在就只剩下你知道這個祕密了喔！」

落幕

UTC世界協調時間，二〇一八年四月十八日，晚間八點二十分。

美國華盛頓特區，國會東街[65]上某官邸。

白色的豪宅裡隱約傳來托馬[66]的歌劇「哈姆雷特」中的「葬禮進行曲[67]」，悠揚的管弦樂伴隨著男女群唱的歌聲，隨之則是哈姆雷特充滿哀傷與懊悔的吟唱，整首樂曲充滿著寧靜的悲愴感。

長廊上有一位西裝筆挺的老管家，正腳步遲緩地走到玄關，打開了那扇雙開的雕花銅門。門外是兩位穿著制式黑西裝的男子，他們一高一矮分別從上衣內襟亮出

65. 國會東街（East Capitol Street）。
66. 托馬（Ambroise Thomas）。
67. 葬禮進行曲（Funeral March and Chorus）。

了證件，面無表情地跟老管家說了幾句話後，便逕自跨進了大門內。

老管家的反應有點猶豫不決，不過還是領著兩位男子走上長廊盡頭的弧形樓梯。他們經過二樓迴廊上的幾個房門後，老管家才終於停在一扇雕工細緻的木門前。

他輕輕叩了兩下門，語氣謙卑地朝門縫喊著：「老爺，有兩位重要的客人求見。」

老管家在門板上側耳聆聽，不過門內並沒有任何回應。他又敲了兩聲，重複了剛才的話，不過裡面依然是靜悄悄的。

他們等了半分鐘左右，老管家才緩緩打開一道門縫，房內的歌劇樂聲頓時流瀉出來。

那是一間裝潢古典華麗的書房，房內的三面牆都是挑高兩層樓的書閣，擺滿著琳瑯滿目的精裝書籍。左側則是一張巨大的英式櫻桃木書桌，桌面上除了有幾個相框和一本《聖經》，還有一座扇形的迷你旗座，上面分別插著美國國旗、創衛黨黨旗和德克薩斯州州旗。

房內的老人家正背對著書桌，望著身後落地窗外的花園夜景，他在輪椅上歪著頭只露出了滿頭白髮的半個後腦勺。老管家一面輕聲朝著他喊著，一面走到了書桌旁邊。

那位身材高大的黑衣男子也接著說：「昆西參議員，我們是CIA派來的。關於環球太空站的EMP事件，需要您跟我們到局裡協助調查……」

就在此時，老管家突然大聲喊了出來，然後指著輪椅顫抖地退了好幾步。

兩位幹員馬上衝了過去，才發現輪椅旁的地上躺著一把金色的瓦爾特PP[68]古董手槍。昆西老爺子的右邊太陽穴上穿出了一個小洞，左邊頭部則被轟出一小片血肉模糊的傷口。

「自殺了……」那位身材稍矮的幹員嘆了一聲。

他們發現昆西老爺子的左手，還扳在膝上一台老式的卡帶錄音機上。兩位幹員交換了眼神後，便迅速戴上了橡膠手套，高大的那名幹員小心翼翼按下了錄音機上的Play鍵。

68. 瓦爾特PP（Walther PP）。

卡帶裡開始播放著某位男子的演講內容。他們聽了幾句之後才確定，那是一九八三年美國前總統隆納・雷根那場名為「戰略防禦倡議」的電視演講，也就是上個世紀許多人所熟知的「星戰計畫」啟動演說。

那段錄音聽起來年代久遠、忽大忽小，聲音不真實地飄盪在死氣沉沉的書房裡。雷根語氣堅定的演講辭，彷彿融進背景悲憤與哀傷的哈姆雷特歌聲中，然後越飄越遠……

……我親愛的美國同胞們，今晚我們宣布啟動這項努力已久的計畫，也將會秉持著改變人類歷史進程的承諾而進行。這也許會有些風險，而最終的結果也需要經歷時間的考驗。

但是，我相信我們能夠做到這一點！當我們跨過這道門檻之後，我懇求你們的祈禱、你們的支持。謝謝！晚安，也願上帝保佑你們。

*

UTC世界協調時間，二〇一八年四月二十日。

哈薩克共和國，中亞大草原。

拜科努爾地勤中心發來了返航艙的座標位置後，俄羅斯搜尋隊就已經浩浩蕩蕩，在一望無際的草原上行駛了近半個小時。

「正在接近座標位置中，大家開始仔細留意四周！」領頭的那台吉普車副駕駛，正捧著一台平板電腦，用無線對講機向整個車隊發話。

沒多久，就聽到有隊員回話：「看到了！就在我們三點鐘方向的綠洲旁……」

整個車隊頓時往右前方猛轉，揚起了一陣陣飛揚的塵土。原本盤旋在空中的直昇機，也終於在草原上緩緩著陸。

幾秒鐘後，伊菲克力斯號的返航艙就出現在他們眼前，它的後方還拖著一襲巨大的降落傘。幾位工作人員戴上了手套，合力推著錐形的降落艙，設法將艙門的位置轉到側面，然後才熟練地開啟了狹小的圓形艙門。

「兩位一切沒問題吧？」一位搜尋隊員朝著艙內大喊了一聲。

艙內的瓦西里與阿哈努早已掀起頭盔上的玻璃罩，向對方比了個Okay的手勢。

沒多久，幾位隊員便手腳俐落將他們從艙內抬了出來，讓他們先躺在旁邊的三張帆布椅上休息。他們待會將由直昇機護送到拜科努爾，然後再輾轉回到俄羅斯的莫斯科。

阿哈努微笑地望著中亞大草原的地平線，用力深呼吸了好幾口氣，還轉過頭跟瓦西里說：「是青草和泥土的氣息，你應該有半年多沒聞到地球的味道了吧？快點，用力聞一聞吧！」

瓦西里坐在椅子裡虛弱地點了點頭，還將雙腳平舉了起來，又慢慢放了下來：「哇，這種有地心引力的感覺，才像是家嘛！」

兩位隊員又陸續抬出了第三位太空人，還將對方安置在阿哈努另一邊的帆布椅子裡。阿哈努轉過頭靜靜看著頭盔玻璃罩裡的那張臉孔，語重心長地喃著。

「貝拉蜜，我們到家了，總算是平安無事……返回這顆美麗的星球了！」

阿哈努用手輕輕拍了拍她的肩膀後，繼續靜靜地欣賞著遠處的地平線。他早已無法從貝拉蜜身上嗅到過往那些蘋果肉桂香，或是乳香沒藥的味道，剩下的只是一具毫無氣息的皮囊軀殼。

她的太空服被真空處理過，看起來有些許的乾癟與緊繃，蒼白的面容在玻璃罩裡也顯得更為憔悴。彷彿像是躺在玻璃棺裡的童話公主，正無聲無息地閉著雙眼仰著頭，享受著這久別多日的陽光普照。

也遠遠地凝視著遠在藍天之外，那座曾經夢想登上的天空城堡。

（本作品為第4屆【噶瑪蘭・島田莊司推理小說獎】原始參賽作品，未經後續編輯修改之版本）

第四屆【噶瑪蘭・島田莊司推理小說獎】決選入圍作品評語

（本文涉及謎底與部分詭計，請在讀完全書後再行閱讀）

日本推理小說之神／島田莊司

今年入圍最終決選的三部作品，水準極高，不論把首獎頒給哪部作品，感覺都可以。或者說，三部都獲得首獎也沒什麼問題。特別是這一次，比我在日本擔任過評審的各種獎項水準都還要高。

所以今年的評審與定奪非常困難，但這個獎項有註明只要是入圍最後決選的作品都會出版，所以我的責任相對也減輕了許多。

入圍的三部作品，將來都會經過翻譯介紹到台灣之外的國家，既可以對這個領域產生刺激與貢獻，也能展現華文本格推理的高水準。因此，我想告訴參賽者，即使沒獲得首獎也不必沮喪。

另外，三部作品的造詣在伯仲之間的今年，也是我從未如此渴望擁有「短時間內完成簡易日譯翻譯軟體」的一年。有了這個新技術的協助，我有自信今後的評審可以更為精準。今年的評斷之所以會這麼痛苦，很大的原因之一，是我深感就算擁有詳細的大綱、作者本人和副評審委員的報告，無法直接閱讀作品的評斷方式仍然有其極限。若不是作品的水準那麼接近，只要報告中的觀察角度與分析正確，就會輕鬆許多。

無論是架構、故事、詭計的品質，還是誘導讀者的巧妙安排，各部作品不但都相當接近，表現手法也各自不同，在如此完美的情況下，我真的很想親自閱讀作品，深入作品內部，沉浸其中，等待答案自然浮現。在日本擔任獎項評審時，我曾再三體驗過，這種做法很有用，先有了結論，理由便會油然而生，就像用火車拖著貨車走那般順暢。

然而，由於這個獎不能仰賴這種方法，我無法準確判斷文筆是否流暢、表現手法是否具有魅力、伏筆是否有效、以及詭計細部的設定是否精巧，這令我十分苦惱，很擔心最後會不會因此犯下大錯。不過，對評選者來說，與其看到得獎作品一目瞭然，與非得獎作品之間的差距過大，像這樣被逼入絕境還比較幸福。

*

可以說是符合「二十一世紀本格」之名的本格推理，有先進的狀況設定。屍體所在的現場，在距離地球三百幾十公里遠的大氣層中的「熱層」，而且是以一萬七千一百公里的時速行進中的「環球太空站（USS）」裡的微重力實驗艙。一具屍體漂浮在微重力狀態的空間，他的周圍也漂浮著無數的紅褐色球狀液體，那是從他破損的頭部傷口濺出來的血。

現場是微重力空間，所以人不能靠兩隻腳移動，地球上的物理法則也不能適用在涵括殺人的動作上。不使用微重力空間的固有法則，就不可能做出太過激烈的動作。所以，宇宙中也存在著利用微重力的超越常理的殺害方法嗎——。

環球太空站的微重力實驗室外，有五名不同國籍的機組人員。現場是嚴格的密室，要有密碼和指紋認證才能進入。根據種種狀況證據來看，都沒有他們出入現場的痕跡。似乎是有人從地球以某種方法，殺害了那個人。那麼，是什麼方法呢？這麼浩大的謎團與提問，有著前所未有的魅力。

這起事件，其實是由兩起神似的事件構成。二〇一〇年一月與二〇一八年四月，狀況完全相同，只有聚集在實驗室外的環球太空站的機組人員不同，但也同樣都被判定他們沒有出入現場。

充滿不可能之犯罪色彩的謎團，很快就出現了。事情的開頭，是聚集在環球太空站的機組人員之一的俄國人伊果．托夫斯基，從環球太空站的圓屋頂看到奇妙的光芒。他於是懷疑，一九八五年的蘇聯有人太空船禮炮七號的機組人員，在證言中說目擊到的「如天使般發光的外星人」，會不會就是這個？但是，他在回程的太空船爆炸意外中身亡了。

伊果的兒子維特是優秀的宇宙工程學家，他收到父親在回地球前發給他的難以理解的電子郵件。他知道沒有意義的文字串，應該是密碼，但看起來很難破解。他憑藉小時候跟父親玩密碼謎題遊戲的記憶，終於破解了密碼。裡面出現「如天使般發光的外星人」的謎般字眼，父親說自己很可能因為美國的國家陰謀被滅口。父親究竟知道什麼國家機密呢？

兒子去了美國，從父親的機組人員同僚的女兒處，拿到難以理解的詩。之後，在調查過程中查到的事實，是看見「如天使般發光的外星人」時，環球太空站內也聽見了「低音大提琴的急促擦音」。

就在這個階段，故事出現了奇妙的偵探角色。有「微笑藥師」之稱的他，是加拿大原住民的遊戲業界CEO，擁有靠嗅覺辨識事物的超能力，所以可以感覺到來自事物的思緒。這名超能力者對這起事件很有興趣，開始獨自調查。於是謎團逐漸明朗化，似乎是跟一九八〇年代的美國大總統雷根所構思的「星戰計畫」有關。

作者是華裔加拿大人，早就是出名的美食作家。本作品則是運用如前所述的魅力片段，從頭到尾醞釀出使翻書之手迫不及待的吸引力，塑造出第一等級的娛樂性。已臻純熟的專業技術，感覺是有意圖地往「二十一世紀本格」視為目標的方向匯集、挑戰，在這方面我大為感謝。

不過，這種易讀性似乎是讓人聯想到英語圈的文藝的西洋流派，華文流派的語言感覺、風情稍嫌不足。

此外，讓翻書之手停不下來的這股熱氣，相較於靠龐大的魅力謎團來吸引讀者，把讀者渴望得到解說的慾望當成能源的「本格」作風，在性質上似乎又有若干不同。雖然處理的是密室，但據我推測，這個故事的吸引力，以廣義來說應該是使用冒險小說的方法的高明引導，而非把「謎團→解決」的粗大脊柱視為接收者與提供者的相互理解的本格。

因此，若傾向期待會不會是要宣佈發現了微重力下特有的殺害詭計，可能會有點失望。據我猜測，在展現對NASA航空宇宙工學世界的用心取材、一級理解力、咀嚼力的狀態下展開的波瀾萬丈的故事，才是作者著眼的第一宗旨。作為娛樂性小說，算是非常優秀的工作成果，但是在以聞所未聞的構造設計為目標的「本格」方針上，不能成為一級品的條件。

而且，故事與美國航空宇宙學的歷史重疊，並宣佈參與「星戰計畫」後，從那種大規模的感覺，似乎就有大致猜到殺害方法之嫌。

只要知道，為了在宇宙空間破壞敵人的飛彈和衛星而編列了天文數字的開發預算的大規模破壞兵器、電磁脈衝的產生，以及伴隨那些東西而來的特有的發光等真相，就會想到當最強國家的最新兵器瞄準一個人時，活生生的生命體當然不堪一擊，事情也會被隱瞞，所以對著地點的驚奇的期待，會在不覺中縮小。人類的肉體面對國家規模的摧毀，就像籠子裡的小動物般脆弱。

原本期待會隨著情節的進展，呈現在地球上的一般物理法則無法通用的條件下，利用這種條件的前所未見的殺害方法，然而背後因素的披露卻給人離期待越來越遠的印象。

以「本格」為名的殺害遊戲，都是以個人程度的小規模為條件，才能產生不可能的趣味。若是一支國軍大隊的所有人都有關係，事情完成後大家口徑一致，那麼，再不可思議的殺人事件都可能發生。這樣的設計或許也能寫出傑作，但這時候若也想吸引以本格為志向的人，就必須設計在進行其他任務的意外中有人死亡，若不這麼設計，寫法就要盡可能讓人以為是個人行為。

由這點來看，此作無庸置疑是值得出版的一級力作。但這個獎項是以本格推理的紀念碑群為目標，所以我認為此作應該無法獲得首獎。

第 1 屆【島田莊司推理小說獎】決選入圍作品

首獎作品

虛擬街頭漂流記

寵物先生—著

西元二〇二〇年，政府委託一家科技公司，以二〇〇八年的西門町為背景，開發一個「極真實」的虛擬商圈 VirtuaStreet。沒想到在最後測試階段，設計者大山和部屬小露竟看到了一具趴在街角的「屍體」！警方調查後發現，死者是後腦遭重擊而亡，然而，現實世界裡的陳屍地點是一個從內反鎖的房間，虛擬世界裡也找不到任何兇器。更怪的是，系統顯示案發當時，VirtuaStreet 內只有死者一人……

冰鏡莊殺人事件

林斯諺—著

知名企業家紀思哲收到了怪盜 Hermes 的挑戰書，上面不但言明將盜走他收藏的康德手稿，甚至還大膽預告下手的時間。紀思哲決定親手逮捕這個囂張挑釁的 Hermes，並邀請眾多賓客來到他位於深山中的別墅「冰鏡莊」，其中也包括業餘偵探林若平。預定的時刻終於來臨，但 Hermes 不但沒現身，珍貴的手稿也好端端地放在桌上。就在眾人以為是開玩笑之際，一具具的屍體卻陸續被發現了……

快遞幸福不是我的工作

不藍燈—著

常有人問他，「情歌快遞」究竟是什麼工作？他通常回答不出來，就像他現在瞪著眼前的屍體一樣，一整個無言！一個赤裸女人的頭破了個大洞，斜躺在按摩浴缸裡，血和腦漿流得全身都是……這個死狀悽慘的女人被警方抬了出去，他也被當成頭號殺人嫌疑犯，扭送到警局去了！阿駒只好找來頭腦冷靜、思緒縝密，還是法律系高材生的好友 Andy 來救命……

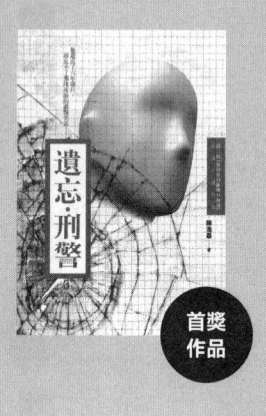

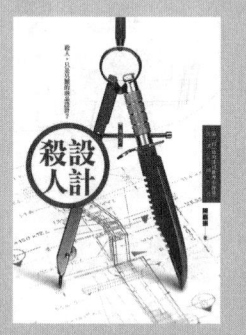

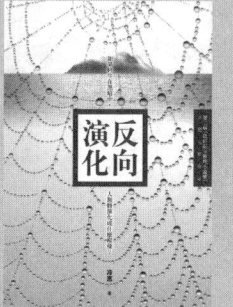

第 3 屆【島田莊司推理小說獎】決選入圍作品

首獎作品

我是漫畫大王

胡杰—著

我是班上的漫畫大王。那一天，許肥向我下戰書，說要來我家瞧瞧，比誰收藏的漫畫書多。贏的人就可以獲得把少女漫畫借給麻花辮班長看的權利；輸的人，從此就不許再接近她。我一定要贏。不，我一定會贏！直到打開家門之前，我都還是相信，我珍藏的漫畫會永遠陪伴著我，我深深信賴的人永遠不會背叛我。在悲劇降臨之前，我天真地以為，我會永遠都是班上最厲害的漫畫大王……

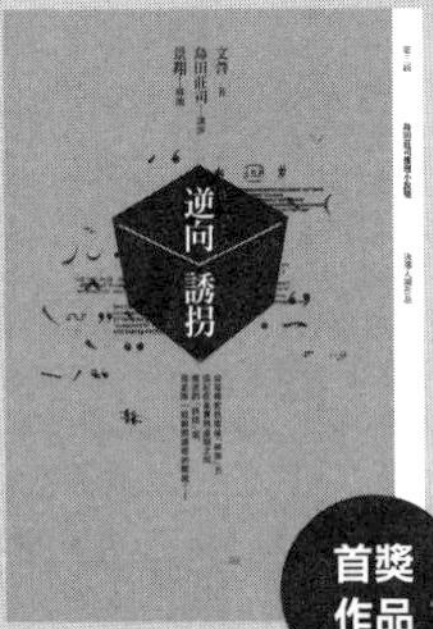

首獎作品

逆向誘拐

文善—著

植嶝仁從來沒想過，身為跨國投資銀行 A&B 的一個小小IT 電腦工程師，竟然也會有被捲進重大事件的一天！
一開始的情況看似很單純，有同事前來求助，請他幫忙還原網路上一份弄丟了的資料；豈料不久之後，就有人發出勒索電郵，要求 A&B 付出十萬美金，否則一份攸關昆恩特斯融資計劃的重要資料就會被公諸於世，造成難以估計的經濟損失與信用破產！而其中最關鍵的是，那封電郵竟然是從植嶝仁的手機發出的……

見鬼的愛情

雷鈞—著

身為專業法醫，照理楊恪平應該早已對死亡視若平常，然而近來他的心理壓力卻升高到了極限！一連串變態殺人案陸續發生，每個被害者的死狀一個比一個悽慘。這幾具女屍讓他感到莫名的恐懼，彷彿有一道道黑影試圖將他吞噬殆盡。正當調查陷入困境，楊恪平在平時常去的酒吧巧遇了一名有些眼熟的女人。第一次見面，那女人就緊盯著他，幽幽地說：「在你身上，有不乾淨的東西。」對於連日來的不安，楊恪平彷彿有了答案……

國家圖書館出版品預行編目資料

熱層之密室 / 提子墨著. -- 初版. -- 臺北市：皇冠,
2015 9 [民104]. 面; 公分. --(皇冠叢書; 第4495
種) (JOY; 184)

ISBN 978-957-33-3179-7(平裝)

857.7 104015772

皇冠叢書第4495種
JOY 184

熱層之密室

作　　者—提子墨
發 行 人—平雲
出版發行—皇冠文化出版有限公司
台北市敦化北路120巷50號
電話◎02-27168888
郵撥帳號◎15261516號
皇冠出版社(香港)有限公司
香港上環文咸東街50號寶恒商業中心
23樓2301-3室
電話◎2529-1778　傳真◎2527-0904
總 編 輯—龔橞甄
責任編輯—張懿祥
美術設計—王瓊瑤
著作完成日期—2015年
初版一刷日期—2015年9月

法律顧問—王惠光律師

讀者服務傳真專線◎02-27150507
電腦編號◎406184
ISBN◎ 978-957-33-3179-7
Printed in Taiwan
本書定價◎新台幣280元/港幣93元